拝み屋怪談　鬼神の岩戸

郷内心瞳

角川ホラー文庫
21000

魔に魅入られるということ

宮城の片田舎で拝み屋を始め、早いものでもう十六年が経つ。住まいを兼ねた仕事場は、山の麓《ふもと》にぽつりと佇《たたず》む古びた小さな一軒家。家の周囲には濃い緑を孕《はら》んだ森が広がり、門口から少し足を伸ばせば、ほどなく山の入口へと至る。〝人界〟として賑《にぎ》わう里と〝異界〟に当たる山とのあわい——ちょうど境界線のようなうら寂しくて不安定な場所に、我が家はひっそりと在る。

おそらくは、こんな立地で怪しげな生業《なりわい》をしているせいもあるのだろう。時折、物好きな相談客から「怖い話を聞かせてください」とせがまれることがある。そんな時、私は当たり障りのない話を聞かせるようにしている。ネタは選べるからだ。特異な仕事の性質上、いわゆる怪談話のタネになるような話や経験には事欠かない。

かつての依頼主が持ちこんだ、金縛りや怪しい白い人影にまつわる話。深夜になるとどこからともなく聞こえてくる不審な物音や、視えざる気配にまつわる怪異——。

こうした話をのべつ幕無く語り聞かせ、相手が満足してくれるまでこんこんと続ける。昔はそれで大半の人が怖がり、愉《たの》しみ、肩を震わせながらも笑顔で甘心してくれた。

けれども最近は、なまじの怪談話で満足する者は非常に少なくなってしまった。

「もっと怖い話を聞かせてほしい」

何話か自前の十八番《おはこ》を語り聞かせたのち、客の口から出てくる言葉は大概同じである。

〝もっと怖い話〟とは、なんだろう――。

私が平素語る怪談話も、決して怖くない話ではないはずなのに。

語る話の選定基準に〝当たり障りのない〟という条件を設けているのは、語ることで聞き手に不慮の災いが降りかかったり、心に必要以上の闇を生じさせたりしないための配慮に過ぎない。こうした余計な〝おまけ〟がつかずとも、怪談話という小さな余興は十分怖がることができるし、楽しむこともできるというのが私自身の考えである。

だがその反面、最近の聞き手が望む話というのは、まさにその〝災いが降りかかり〟〝心の内に濃い闇を生じさせる〟話のほうであるらしい。

「怖いばかりが、怪談の魅力ではないのです」

色めく聞き手に嚙《か》んで含めるように言い聞かせるも、大抵は糠《ぬか》に釘《くぎ》というものである。

「いいから、とにかくもっと怖い話が聞きたい」と、彼らはあくまで食いさがる。

そんな願いに面食らうたび、時代がまた少し変わったのかな――と感じざるを得ない。

幽霊よりも生身の人間のほうがはるかに恐ろしい時代である。詮方《せんかた》ないとも、また思う。

人の心の荒《すさ》んだ情緒に合わせ、今や怪談も、より苛烈《かれつ》で陰惨なものが求められている。

まるで世間そのものが、悪い何かにとり憑《つ》かれでもしたかのように。

あるいは決して深入りしてはならない、魔に魅入られでもしたかのように――。

けれども世相がそれを望むなら、今回はいっそ、こんな趣向はいかがだろう？

〝悪い何か〟にとり憑かれ、〝悪い何かに魅入られた〟人々の実体験のみを選《よ》り抜き、一冊の怪談集に仕立ててあげてみるのだ。

全てを読めばあるいはあなたの心にも、黒々とした底知れぬ闇が生じるかもしれない。生じた闇が増幅し、変容を来たし、心の内によからぬ影響を与えてしまうかもしれない。

魔に魅入られてしまった人々の話というのは、然様《さよう》なまでに邪気が強く、業も深い。

だが、荒んだ時勢の求めるままに、それらを敢《あ》えて一挙に語り尽くしてみようと思う。他ならぬ、私自身の身に起きた災いも含めて。

今のあなたが立っているのは、人界と異界のあわい。あるいは安全と危険のあわい。

その境界線の真上である。

ちょうど私の仕事場が位置する、里と山のあわいと同じように。

戻るのならば、今しかない。けれどもこの期に及んで、私はもはや止めたりはしない。異界の奥へと分け入り、深々とした暗黒をその目でしかと見つめ、畏《おそ》れ、震え、慄《おのの》き、それでもどうか無事に帰って来てほしい。ただ、そのように願うばかりである。

踏みこむ決意ができたのならば、どうか最後まで、くれぐれもお気をつけて。

道々決して、油断だけはなさらぬよう――。

もくじ

覗かなければ

会社員の瑞恵《みずえ》さんは、ある時を境に、たびたび悪夢にうなされるようになった。

夢の中で瑞恵さんは、自宅マンションのリビングで独り、くつろいでいる。

そこへ突然、玄関ドアが雷のような凄《すさ》まじい音を響かせ、激しく何度も叩《たた》かれ始める。

動転しつつ玄関口へ向かってみると、スチール製の分厚いドアがびりびりと震えながら、轟音《ごうおん》をあげている。

その場に竦《すく》んで凍りつき、しばらくじっと耐えるのだが、音は一向にやむ気配がなく、しだいに激しさを増していくばかりである。

うろたえながらも足音を忍ばせ、ドアスコープに向かって、そっと片目を寄せてみる。するとと、魚眼レンズの歪《ゆが》んだ視界のすぐ先に、長い黒髪を振り乱した女が見えた。

年頃は二十代の後半から三十代前半ぐらい。白いブラウスに紺色のベストを合わせた、OL風のフォーマルな服を着ている。顔はえら筋の少し張った角ばった輪郭をしていて、眉毛《まゆげ》は若干太くて濃く、左頬のまんなか辺りに大きな黒子《ほくろ》がひとつ浮かんでいる。

女は怒りのこもった恐ろしい形相でこちらをまっすぐ睨《にら》みつけながら、分厚いドアに握り拳《こぶし》とつま先を一心不乱に打ちつけているようだった。

たちまち身の危険を感じ、すかさずドアスコープから目を離す。

ドアを震わすけたたましい轟音に慄《おのの》きながら、どうしようかと思い始めた時だった。ふいにドアの下部分に備えつけられている新聞受けの蓋《ふた》が開き、中から女がずるりと蛇のように這《は》いだしてきた。

女は顔をあげるなり両手を広げ、瑞恵さんに向かって一直線に飛びかかってくる。


夢はそこで毎回、唐突に終わる。

目覚めると全身汗みずくになっていて、心臓がばくばくと激しく脈を打っている。

夢はおよそ、ひと月に一度か二度の割合で見た。

目覚めた時の生々しい恐怖以外に実害はないため、夢だと割り切れば、夢なのである。けれども同じ夢を何度も繰り返し見続けるのは、生まれて初めてのことだった。

気味の悪さに耐え兼ね、夫に夢の仔細《しさい》を打ち明けたこともある。けれども夫のほうは、「疲れてるんだろう」と笑うばかりで、まともに取り合ってはくれなかった。

近くの神社で魔除《まよ》けの御守りを買い求め、枕元に置いてみたこともあった。

しかし効果はまったく見られず、女は夢の中で玄関ドアを鳴らし続けた。

女の顔に見覚えはなく、誰かの恨みを買ったりした覚えもない。怪しい物を買ったり、どこか妙な場所へ行ったりしたこともなく、どうして自分がこんな夢を見てしまうのか、皆目原因が分からなかった。

夢を見始めて、半年近くが経った頃だった。

ある日、仕事が早めに終わって帰宅すると、夫が書斎として使っている部屋のドアが開いていた。ドアはまるで今しがた開かれたかのように、ゆらゆらと揺れていた。

今朝方、仕事に出かける際には確かに閉まっていたはずだった。

かといって夫が日中、帰ってきたとも考えづらかった。そもそも夫は几帳面《きちょうめん》な性格で、部屋のドアを開け放しておくことなど、今まで一度もないことだった。

泥棒でも入ったのかと思い、恐る恐る部屋の中を覗《のぞ》きこむ。

荒らされたような形跡は見られなかったが、部屋の奥に置かれている机の引き出しがひとつだけ、半開きになっているのが目に止まった。

書斎に入って引き出しの中を覗いてみると、色褪《いろあ》せたスナップ写真が一枚入っていた。写真はどこかの施設らしき建物を背景に、事務服姿の女性が微笑みながら直立している。

とたんに全身のうぶ毛が、ぶわりと逆立つのを感じた。

写真に写っていたのは、瑞恵さんがこの半年余り夢で見続けていた、あの女だった。

長い黒髪と、えら筋の少し張った角ばった輪郭。

若干太くて濃いめの眉毛に、左頬のまんなか辺りに浮かんだ大きな黒子。

どれだけ見ても間違いなかった。写真に写る女は、夢の中で瑞恵さんを襲い続ける、あの得体の知れない女そのものだった。

同じ引き出しの中には、Ａ４サイズのスケッチブックもしまわれていた。夫は絵など描かないはずなので怪訝《けげん》に思う。引き出しからスケッチブックを取りだし、開いてみる。

表紙をめくった一枚目の紙には、写真の女がまっすぐ立って微笑む姿が描かれていた。いかにも絵の嗜《たしな》みのない者が描いたらしく、描線は拙《つたな》く、デッサンも少し狂っている。だが、技術がない代わりに一生懸命描いたことは伝わってきた。技術自体はお粗末でも、絵にはある種の情念めいたものが感じられた。

奇妙な胸騒ぎを覚えながら次のページをめくった瞬間、背筋がぶるりと震えあがった。

次のページには、事務服を半裸にされて怯《おび》えた表情を浮かべる女が描かれていた。

その次のページには、全裸の状態で乳房に焼き鏝《ごて》らしきものを当てられている女。

さらに次のページには、刃物で脇腹や太股《ふともも》を切りつけられ、悲鳴をあげている女の姿。

その後も様々な拷問や陵辱を受け、苦痛や恥辱に顔を歪ませる女の姿が、拙い描線でたどたどしくも生々しく、だが執拗《しつよう》なまでに緻密《ちみつ》な筆致で描かれている。

引き出しの中にはスケッチブックの他に、使いこんで長さがばらばらになった鉛筆やシャープペン、黒ずんだ練りゴムなどが、ケースにまとめて収められていた。

違うと思いたかったが、状況から察して夫が自ら描いたもので間違いないらしい。

気がつくと歯の根がかちかち音を立てて震えていた。両膝《りょうひざ》も力をなくして笑っている。

どうしてこんなものを……と考えてみても、答えは何も出てこなかった。

おぞましさに耐えかね、瑞恵さんは写真とスケッチブックを引き出しにしまい直した。

その晩、帰宅した夫に、久しく聞かせていなかった件《くだん》の悪夢の話を語って聞かせた。

「だから、そんなのはストレスとか疲労で神経が参っているだけだから」

笑いながら話を打ち切ろうとしていた夫へ、覚悟を決めてさらに言葉を続けてみる。

これまで一度も話したことのなかった、女の顔の特徴を事細やかに打ち明けた。

夫は「ふうん」とだけ答え、すぐに話題を切り換えたが、瑞恵さんは見逃さなかった。

ほんの一瞬だったけれど、夫の瞳《ひとみ》の奥底に鋭く尖《とが》った光が宿った。

それはこれまで一度も見たことのない、外敵を威嚇する獣のような目つきだった。

夢はその後も終わることなく、何度も繰り返し見せられているという。

あの女は一体誰なのか。思い始めると気持ちがざわざわしてきて落ち着かなくなるが、夫に答えを問い質《ただ》す勇気も湧かず、瑞恵さんは為《な》す術《すべ》もないまま、得体の知れない女の悪夢にひたすらじっと耐え続けている。

荒らさなければ

昔、暴走族だった江波《えなみ》さんから聞いた話である。

二十年ほど前の真夏。江波さんは深夜、同じチームの仲間や後輩たちを大勢引き連れ、地元の郊外に建つ古びた廃ホテルへ乗りこんだ。

目的は肝試し。夜中に暇を持て余していた時に思いついた、軽い余興のつもりだった。

数年前に経営難で廃業したとされるホテルの内部は、荒れた様子がほとんど見られず、まだまだ現役で営業しているかと見紛《みまが》うほど整然としていた。

とはいえ目的は肝試しである。割れたガラスが散らばっていたり、床が抜けていたり、それなりに廃墟《はいきょ》然とした荒廃感がないと、いまいち気分が盛りあがらない。

加えて、初めから高を括《くく》っていたとおり、お化けが出るような気配もまるでなかった。

「ならいいや。そうしてやろう」と、江波さんと仲間たちは、持参していた鉄パイプや木刀を使って窓ガラスを割ったり、ロビーに置かれたソファーを引っくり返すなどしてホテルの内部を気の向くままに荒らして回った。

ひとしきり荒らし終えると、今度は後輩に指示をだし、バイクを中へ持ってこさせた。

ヘッドライトの強い光に照らされ、ホテルの内部が明々と浮かびあがる。

続いて、後輩たちに持参させた缶スプレーを受けとると、近くの壁にノズルを向けて思いっきり噴射した。たちまち壁に真っ赤な染みが軌跡を描いて走り始める。

江波さんに続いて、他の仲間や後輩たちも各々缶スプレーを手にとり、壁に向かって噴きつける。

人気《ひとけ》のないガード下や橋桁《はしげた》などにいつもやっていることなので、手馴《てな》れたものだった。背後で改造バイクのけたたましいエンジン音が轟《とどろ》くなか、みんなでゲラゲラ笑いながら無垢《むく》な壁に向かって無慈悲な噴射をし続ける。

ふと気がつくと無言のまま、一心不乱に壁へスプレーを噴きつけている自分がいた。

無言なのは自分だけではなかった。

妙な胸騒ぎを覚えながら周囲に目を向けると、他の仲間たちも目の前の壁に向かって、無言でスプレーを噴きつけている。

わけが分からず壁のほうへ視線を戻したとたん、ぎょっとなって悲鳴をあげた。

目の前の壁一面に、スプレーで噴きつけられた漢字がびっしり、等間隔で並んでいた。こんなものを書いた覚えもなければ、書こうと思った覚えすらもまったくない。

江波さんの悲鳴に誘発されたのか、周囲の仲間たちも次々と我に返って悲鳴をあげる。

一体、何が起こったのかと話し合ったが、誰ひとりとして答えられる者はいなかった。仲間たちも同じく、最前までの記憶がまるでない。

壁に並んだ漢字をよく見てみると、どうやらお経のようだった。お経などを暗記している奇特な者は、この場に誰もいない。だが先ほどまでの状況を思い返すと、お経は間違いなく自分たちの手で噴きつけたものだった。

事態を把握するなり、江波さんたちは血相を変え、一目散にホテルを逃げだした。

以来、ホテルの壁にお経の文字が少しずつ増えるようになった。

時折、仲間や後輩たちが夜中にひとりでホテルを訪れ、スプレーやマジックを使ってお経を書き足すようになったからである。

誰もお経を書きたくてホテルに向かうわけではない。昼夜を問わず、ふと気がつくとホテルの中にひとりでいて、一心不乱にお経を書いているのだという。

江波さん自身も一度だけ、我に返ると真夜中のホテルでひとり、廊下の壁に向かってお経を書いていたことがある。

寺や神社でお祓《はら》いを受けたり、霊能者に除霊をしてもらったという者も何人かいたが、なんの解決にもならなかった。気づくとみんな、ホテルでお経を書いていた。

それは結局、江波さんたちが暴走族を引退するまで細々と続いた。

引退して就職してからはなくなったそうだが、あれから二十年ほど経った今でも時折、ホテルの壁にひとりでお経を書いている悪夢にうなされ、飛び起きることはあるという。

入らなければ

二日目に飼い猫のミイが車に轢《ひ》かれて死んだ。
五日目に通勤中の駅の階段で足を滑らせ、右足首の骨を折った。
十一日目に妻が大事に飼っていた十姉妹《じゅうしまつ》が四羽とも一斉に死んだ。
二十五日目に次男の首筋に奇妙な腫《は》れ物ができ、日に日に膨らみ始めた。
三十八日目に自宅の裏手に面した物置から原因不明の出火があり、自宅が半焼した。
四十日目に病院で切開してもらった次男の首の腫れ物が再発した。
五十二日目に治りかけていた右足をタイヤに轢かれ、今度は粉砕骨折した。
七十五日目に長男が勤め先の工場で熱湯を浴び、顔中に大火傷《おおやけど》を負った。
七十九日目に次男の首筋の腫れ物が三度の再発。医者からは原因不明と診断された。
九十二日目に妻が蜂に右目を刺されて失明した。
百二十六日目に次男の膨らみきった腫れ物が破け、中から線香の欠片《かけら》が出てきた。
百三十日目に飼い犬のボスが口から血を吐き、死んでしまった。
百五十九日目に妻の母親が、妻との電話中に脳梗塞《のうこうそく》を起こして、半身不随になった。
百七十八日目に我が家を訪ねてきた叔母《おば》が玄関先で転倒し、右腕と両足を骨折した。

二百十三日目に長男の右脇腹に老婆の顔のように見える大きな痣《あざ》ができた。

二百五十日目に次男の首筋に腫れ物が再発。今度の腫れ物は、人の顔のように見える。

二百六十日目に妻が台所で足を滑らせ、頭を強く打って亡くなった。


知人の勧めで、さる宗教団体に入信し、自家の仏壇と墓を処分して八ヶ月。

これだけの災禍が延々と続き、今でも止まることなく続いている。

知人や教団の関係者は、「あなたの家に悪霊が憑いている。絶対に救《たす》けますから」と、毎日親身になって話を聞いてくれるし、除霊の儀式もおこなってくれる。

けれどもさすがに薄々感づいている。

原因は、悪霊のせいなどでは絶対にないと。

できれば自家の仏壇と墓を処分する前からやり直したいと、加山《かやま》さんは語っている。

話さなければ

食品会社に勤める迫《はさま》さんは十年ほど前、出張先のビジネスホテルで幽霊を見た。

深夜、不穏な気配と息苦しさを感じて目覚めると、ベッドの隣に置かれた鏡台の前に真っ青な服を着た、髪の長い女が腰掛けていた。

女は鏡に向かってふらふらと、首を前後に揺すっていた。

女が首を揺するたび、長い髪がざわざわと乾いた音をたてながら、波のようにうねる。

顔は蠢《うごめ》く長い髪に隠れて、まったく見えない。

ただ直感的に、生きている女ではないとすぐに分かった。

ベッドに横たわったままの姿勢で女の様子を見つめ、ぎゅっと身を強張《こわば》らせていると、ふいに女がこちらを向いた。たちまち我慢していた悲鳴があがる。

女の顔は、迫さんがこれまでの人生で見てきたどんなものよりも恐ろしいものだった。

あまりに恐ろし過ぎて、これまで一度もあげたことのないような悲鳴も高々とはじけた。

それほどまでに女の顔は恐ろしかった。

おそらく女には、何もされなかったのだと思う。ただ黙って見つめられただけである。

恐ろしさに耐え切れず迫さんは失神し、気づくと朝を迎えていた。

それからおよそ十年余り、迫さんはこの夜に見た幽霊のことを誰にも話さなかった。話したら、きっとよくないことが起こる。なぜだかそんな気がして堪《たま》らず、ずっと口を閉ざし続けてきた。

ところが半年ほど前、たまさか家族と心霊関係の番組を観ていた時、なんとはなしに家族に事の次第を打ち明けてしまう。ずいぶん前のことで当時の恐怖も薄まっていたし、話を聞いた家族もみんな怖がっていたので、迫さんはそれなりに満足もした。


その夜からだそうである。

迫さんの枕元に、あの時の女が現れるようになった。

当時の深夜と同じように、不穏な気配と息苦しさを感じて目覚めると枕元に女がいて、こちらに向かって恐ろしい顔を見せつける。悲鳴をあげて、迫さんは失神してしまう。

毎晩とはいかないまでも、こんなことがたびたび起こるようになり、迫さんの神経はすっかり磨り減り、ストレスで胃にも穴が空くほど身体に不調も来たしてしまった。

私もできうる限りの手は尽くしたのだが、どれほど拝めど祓えど、効き目はなかった。

女は今でも迫さんの枕元に現れ続けているのだという。

女の顔の仔細《しさい》については、とうとう本人の口から聞きだすことができなかった。

そのため、私も女がどんな顔をしているのかは、未《いま》だに分からないままである。

気づかなければ

高校卒業後、原《はら》さんが初めて独り暮らしを始めた、古いアパートでの話である。

荷解きも概《おおむ》ね終わり、引越し気分も落ち着き始めた頃、原さんは住み始めたばかりの部屋で、たびたび奇妙な現象に見舞われるようになった。

夜遅く、自室の床上やベッドに寝そべり、テレビを観たりしながらくつろいでいると、時折、背中に何かが触れるような妙な感触を覚える。感触はいつもなんの前触れもなく、突然始まった。

初めは決まって左の肩口辺りに感じる。それからつつつ、とゆっくりさがっていって背中全体を動き回り、やがて右腰の上辺りまで達すると、ふいに感触は立ち消える。

背中に伝わる印象から、なんとなく人間の指を思い浮かべたが、背後を振り向いても誰もいない。背中を滑るような感触が、わずかに肌に残っているだけである。

なんとも奇妙な現象ではあったが、感触と言ってもそれは、気づくか気づかないかのほんのかすかなものに過ぎなかった。別段、実害があるわけでもない。

当初は不思議に感じていたが、そのうち気にかけるのも馬鹿馬鹿しく思うようになり、しだいに深く意識しなくなっていった。

それからしばらく経ったある夜のこと。

いつものように自室で寝転がりながらテレビを観ていると、すでにお馴染《なじ》みとなったあの感触が、小さく静かに始まった。

指のような感触は、まるで日課のように原さんの左肩の上辺りにぴたりと貼りつくと、いつもと同じように少しずつ、背中の上をゆっくりと滑り始める。

毎度のことなのでさして気にも留めず、そのまま黙ってテレビを観続けた。

感触は左肩からゆっくりと背中のほうへ滑り落ち、腰の辺りまで来ると背骨を跨《また》いで、今度は右脇腹のほうに向かって「しゅっ」と跳ねあがる。

これもいつもと同じである。何度も体験しているため、身体が動きを覚えていた。

次は一拍子置いて、背中のまんなか辺りにくるんだよな。

思いながら待っていると、やはり感触は背中のまんなか辺りに貼りついてきた。

あれ？　これってもしかして……。

ふとした推測が頭に浮かび、背中の感触に意識を集中させてみる。

背中のまんなかに置かれた感触は先ほどと同じく、まずは一直線に背中を滑りおりた。

だが先刻とは違い、今度は右側に跳ねたりはしない。

代わりに今しがたまんなかに引かれた棒線の左上のほうへと感触が移動し、少しだけ右へ進むと、今度は斜めに棒線をまたぐ形で左下へ下った。

続いて放物線を描くように右側へ向けてふわりとしたラインをなぞり、最後の最後にくるりと小さな円を描いて、右の腰の上辺りで感触が消えた。

文字だ。背中に文字を書かれている。どうして今まで気づかなかったのかと思う。

そうだとすれば最初の感触と合わせると、二文字書いたことになる。

肌に残った感触の余韻を頭で再びなぞっていくと、やがて二文字の平仮名が閃《ひらめ》いた。

し　ね

思わず「うわっ!」と声をあげ、その場から飛びあがる。

そこへ突然、背中を火で炙《あぶ》られるような熱さが生じ、さらに大きな悲鳴をあげた。

慌てて背中をさすってみたが、背中に触れた手の平に熱さはまったく伝わってこない。けれども熱さはますますひどくなり、居ても立ってもいられなくなってくる。風呂場《ふろば》に行ってシャワーで水を浴びせたが、それでも熱さは治まらなかった。

結局、十分近く悶《もだ》え苦しんだのち、熱さは嘘のようにぴたりと消えた。部屋へ戻って姿見で背中を見てみると、火傷《やけど》のような腫《は》れはおろか、傷らしきものさえ見つからない。

我が身に何が起きたのかは分からなかったが、ざらつくような恐ろしさだけは残った。なぜか翌日から背中に感じる指らしき感触は一切なくなったものの、気分は落ち着かず、まもなく原さんはアパートを引き払った。

それから四年ほど経った、ある日のことだった。

原さんは交際を始めたばかりの彼女に、こんなことを指摘された。

原君って、背中に痣《あざ》があるんだね――。

たちまち厭《いや》な胸騒ぎを覚え、彼女に携帯のカメラで撮影してもらう。恐る恐る画像を見てみると、確かに背中の何ヶ所かに点々と、黒ずんだ小さな痣が浮いていた。

痣を順番になぞったら「しね」と読めそうな気がして、原さんはなるべく痣の存在を意識しないよう努めている。

落魄と墜落

知るんじゃなかった。やるんじゃなかった。怪しい誘いになんか乗るんじゃなかった。

あの時、余計なことさえ話さなければ。気づかず無視さえ決めこんでいれば――。

酔った頭で徒然《つれづれ》なるまま、客から聞いた昔の話を思いだしていた。

気持ちは分かる。大いに分かる。発端や原因がなんであれ、結末や代償がどうであれ、
後悔してもしきれない過ちに苛《さい》まれるのは、誰でも死ぬほどつらくて苦しいものだ。

けれども時間を逆戻しすることはできない。

どれほど悔やんだところで、一度起きてしまった悲劇はどうすることもできないのだ。

せいぜい今後は同じ過ちを繰り返さぬよう、最大限に気を配りながら暮らしていくか、
あるいは難しいことだろうが、何事もなかったかのごとく綺麗《きれい》さっぱり忘れてしまうか。

さもなくば酒にでも溺《おぼ》れて己の過失を誤魔化すぐらいしか、選べる道は残されていない。

私の場合は三番目の道を選んだ。もっとも容易《たやす》く、楽な選択だったからである。

空になったグラスに安物のウィスキーをかなり多めに注ぎ、ごくごく少量の水で割る。

グラスを片手でぐらぐらと揺すり、できあがった濃い水割りを一気にのどへ流しこむ。

たちまち胃の腑《ふ》に新たな火球が燃え盛り、濁った意識がさらに痺《しび》れて鈍化した。

何杯呑《の》んだかなど覚えていない。そもそも覚える気すらもない。ただ、六時間ばかり前に開けたボトルの中身はすでに半分近くなくなっているから、今夜もだいぶ飛ばして呑んでいることだけは明白だった。

二〇一五年三月初旬。まだまだ夜風が肌身を突き刺すように堪《こた》える宮城の春先。

午後の仕事が終わった宵の口から私は、自宅の奥座敷に構えた仕事場で無闇に安酒を呷《あお》り続けている。

時刻は深夜零時近く。妻はとうの昔に夕飯を済ませ、今夜も独りで眠っている。

最近は会話らしい会話もほとんどない。私のほうはここしばらくの間、仕事場に引き籠《こ》もって過ごし、半ば家庭内別居のような状態に陥っていた。

別段、妻と何かあったわけではない。何かあったのは、あくまで私個人のほうである。

昨年、暮れ近くのことだった。私は己の人生に深く関わる、ある大きな問題において重大な判断を見誤り、取り返しのつかない過ちを犯した。

原因は全て私自身の至らなさにある。拝み屋としての驕《おご》りと慢心が私の判断を鈍らせ、人としての弱さと甘さが、私に最悪の事態を引き起こさせた。

ペナルティとして被ったのは、気が狂わんばかりにつらくて苦しい喪失と悔恨だった。

結果として私は、自分にとってかけがえのない、大切なものを最悪の形で失った。

自分の不徳と不甲斐《ふがい》なさに苛《さいな》まれるほど、私は自信を失くして妻と向き合えなくなり、そのうち自分自身とさえも、まともに向き合うことができなくなった。

他人からすればそれはなんの価値もなく、瑣末《さまつ》で馬鹿げたものに過ぎないのだと思う。それを失ったことで私以外に心を痛めた者はいないし、誰に迷惑が生じたわけでもない。私が過ちを犯し、それを失うまでの課程においては、他人の関与も少なからずあった。こんな結果になっても誰も悲しまずに済んだのは、不幸中の幸いだったのかもしれない。けれども、だからどうだという思いのほうが強かった。むしろ、このやりきれなさを誰とも共有することができないという現実に、私は強い孤独と失望さえも感じていた。

気づけばいつしか、私は酒に溺れ、無様で自堕落な暮らしを送るようになっていた。夜は潰《つぶ》れるまでひたすら酒を呑み続け、昼は二日酔いから生じる頭痛を誤魔化すためのアスピリンが手放せない、今や日本でも指折りの愚鈍な拝み屋へと落ち果てた。

無論、こんな醜態を演じ続けたところで、失くしたものが戻ってくるわけではない。そんなことは百も承知である。

だが、私の心はひたすら逃げの一手を打ち続け、気づけば深みに嵌《はま》っていた。

これまでの人生でも何かつらいことがあるたび、こんなふうに塞《ふさ》ぎこむことはあった。けれども今回は、程度も期間もこれまでの比ではなかった。酔っていようがいまいが、頭はいつでも鉛のように重たく、酒を呑むこと以外に意欲を持てるものが何もなかった。

とはいえ、誰に文句を言われる筋合いもない。仕事のほうは異様なまでに順調だった。えらく皮肉な話だが、暮れの一件があって以来、拝み屋としての常人ならざる私の勘は、自分でも信じられないほど冴《さ》えるようになっていた。

たとえば依頼主が患っている病気の症状や、失せ物の在り処《か》をぴたりと言い当てたり、時には依頼主がひた隠しにしてきた秘密――不倫や犯罪歴など――がふと頭に浮かんで言い当てることさえあった。

恐山《おそれざん》のイタコのごとく、依頼主に乞《こ》われて先祖供養をすれば、故人の言葉が聞こえて大事な言伝《ことづて》を頼まれたり、氏神の祠《ほこら》を拝めば、彼らの声が朗々と聞こえてきたりもする。

魔祓《まばら》いや憑《つ》き物落としの精度も飛躍的にあがり、失敗することは皆無。

いずれも以前は精度が極めて低かったか、あるいはまったくできなかった芸当である。

昨年の精神的なショックが引き金になって、今まで機能していなかった内なる何かが目覚めたのか。それとも単に、長年こうした仕事を続けてきた経験がとうとう実を結び、開花したごとく顕現したものか。

道理は自分でも皆目分からなかったが、歴然たる事実として拝み屋としての私の勘は、以前よりも段違いに冴えわたっていた。

仕事でめざましい成果をあげれば、おのずと客が増える。増えた客が評判を広めれば依頼はさらに倍加する。おかげで最低限の暮らしと、日々の酒代には困らないぐらいの稼ぎを得ることはできていた。

だが、こんなことができるようになっても私は別段、嬉《うれ》しいとは思わなかった。

他人の秘密がどれほど分かったところで、肝心要《かなめ》の自分のことは何も分からないのだ。本当に分からなくてはならなかったあの時も、今この瞬間でさえも。

時は常に現在進行形。時は待たない。時間を逆戻しすることはできない。

現実から目を逸《そ》らしてはならない。嫌でも本当は、前に進んでいかなければならない。

鈍った頭でも一応、理解はしている。それなりの危機感を抱いてもいる。

けれども現実と向き合い、前へ進んでいこうなどという意欲は、今の落ちくたびれた私の中では、もはや風前の灯《ともしび》よりもか細いものに過ぎなかった。

かけがえのないものを失い、先行きにまったく希望が見いだせなくなったこの世界で、一体何を目標に、どうやって生きていけばいいのか。自由に生きることが人の特権なら、このまま酒に溺れて流されていくのも、それはそれで悪くないと思った。

覗《のぞ》かなきゃよかった。荒らさなきゃなかった。入らなきゃよかった。

余計なことを話さなきゃよかった。気づかず無視を決めこんでりゃよかった。

――だったら俺は、逃げなきゃよかった。

いずれそんなふうに思って、再び後悔する日がくるのだろうか。

答えはそのうち出るだろう。それが好ましい答えであろうと、そうでなかろうと。

「どうとでもなれ。今さら知ったこっちゃない」

やるせない虚脱感に身を捩《よじ》りながら、私は再びグラスに酒を注いだ。

右へ行け

夕暮れ時、高校生の芳乃《よしの》さんが、自転車で通い慣れた通学路を走っていた時だった。

「右へ行け」

突然どこからか、男の声が聞こえた。低く潰れて嗄《しわが》れた、老人のような声だった。

自転車を停めて辺りを見回すと、道端の草むらに突っ立つ、古びた地蔵と目が合った。

まさかね……とは思ったものの、辺りは無人の田んぼが広がるばかりで、地蔵の他に声の主になりそうな者は誰もいない。

道の先には丁字路があり、自宅は左へ曲がった先にある。

ただ、今しがた聞こえた声のことが気になった。何かよくない報《しら》せなのかもしれない。少し遠回りになるけれど、右へ曲がって自宅へ帰ろうと考えた。

再び自転車を漕《こ》ぎだし、丁字路を右へ曲がってまもなくだった。草むらから出てきたマムシが自転車の前車輪に絡まり、芳乃さんは驚いたマムシに足首を嚙《か》まれた。

どうにか命は助かったものの、足首の筋肉が壊死《えし》して、無惨な傷跡が残ってしまった。

のちに家族に聞いたところ、件《くだん》の地蔵は何十年か前、年老いた農夫が飲酒運転の末に自損事故を起こし、死亡した場所に立てられたものなのだという。

赤ずきん

派遣会社に勤める江本《えもと》さんから、こんな話を聞いた。

ある日、長島《ながしま》さんという中学時代からの旧友が、彼にこんな不平を打ち明けた。

「『赤ずきん』の絵本が間違って届くんだよ」

ネットの大手通販サイトで買い物をすると、数回に一度の割合で注文した覚えのない『赤ずきん』の絵本が、注文した商品と一緒に梱包《こんぽう》されて届くのだという。

最初は単なる向こうの発送ミスだと判じ、返品手続きを申しこんで事無きを得ていた。

ところがその後も『赤ずきん』はたびたび届き、長島さんを苛《いら》つかせるようになった。

長島さんがその通販で普段注文するのは、スポーツ用品とゲームソフトが大半だった。

書籍はそれまで数えるほどしか注文したことがないし、絵本に興味もまったくない。

ただ、それでもなぜか絵本はしつこく誤送され続けた。

初めのうちは、温和な態度でカスタマーセンターに発送ミスの報告をしていたのだが、しだいに我慢ができなくなり、「どうして何度も何度も、こんなミスが発生するのか？もしかして、おたくのスタッフが嫌がらせか何かでやっているんじゃないのか？」

そんなクレームのメッセージを送ったこともあるという。

だが、先方から返ってきたのは、「二度とこのようなことがないように云々《うんぬん》」という丁重な謝罪文のみで、原因についての明確な返答は一切なかったそうである。

「『二度とこのようなことがないように……』とか謝っといて、全然改善されねえからむかつくんだよ。最近は宅配業者が荷物を届けに来た時、その場で箱を開けてんだけど、中に『赤ずきん』が入ってたら、本だけその場で返品するようにしてるんだわ！」

声を荒らげて長島さんは捲《ま》くし立てた。

それからふた月ほど経った、日曜日の夕方。

愛車に彼女を乗せて買い物に出ていた長島さんが、帰り道で事故に遭った。

国道上の大型交差点を右折中、対向車線から猛スピードで直進してきた大型車と衝突。車は大破し、長島さん自身は頭部をはじめ、顔中の骨を複雑骨折する大怪我を負った。

この時、長島さんは白いパーカーを着ていたそうである。

幸いにも軽傷で済んだ彼女の証言によると、事故後の長島さんはパーカーのフードがすっぽり頭に被《かぶ》さって、頭部から噴きだす鮮血で真っ赤に染まっていたという。

長島さんは一命こそ取り留めたものの、複雑骨折の影響で顔全体が別人のように歪《ゆが》み、重度の言語障害が残ってしまった。

誘い香

春の彼岸に鮎子《あゆこ》さんが、四歳になる娘とふたりで自家の墓参りへ出向いた時のこと。

「おせんこーの匂い、いい匂い。すっごく、気持ちよくなるね！」

墓前に供えられ、濛々《もうもう》と立ち上る線香の白煙を嗅《か》ぎながら、うっとりとした面持ちで娘が言った。とたんに鮎子さんはぞっとなる。

「ねえ、お墓の向こうに花壇があるよ。綺麗《きれい》なお花、見にいこっか？」

震えそうになる声を堪《こら》えながら、娘の興味を逸らそうとする。

「んーん、お花はいいの。おせんこーの匂い、もっと嗅ぐ！」

それでも娘は墓前にしゃがみこんだまま、線香の匂いを夢中になって嗅ぎ続けている。

その傍らで鮎子さんは、背中に冷たい汗をかき始める。

過去にも三度、こんなことがあった。

最初は鮎子さんが中学の頃、お盆に家族で墓参りへ出かけた時に祖母が。

二度目は高校時代、仏壇に手を合わせていた時に母が。

そして三度目は社会人になってまもなく、病気で急逝した学生時代の友人の墓参りに出かけた時に、同伴していた友人が。

いずれも突然、まるで人が変わったかのようにうっとりとした面持ちで煙を嗅ぎ始め、

「いい匂い。すごく気持ちがよくなってくる」と言いだした。

当時の状況と顚末《てんまつ》が脳裏にまざまざと蘇《よみがえ》ると、身体の芯《しん》が氷のように冷えこんでくる。

だから娘にだけは、その後に続く言葉を言ってほしくなかった。

「んー、いい匂い！　なんだかあたし、さそわれてるみたい！」

けれども恍惚《こうこつ》とした笑みを浮かべながら、娘は言ってしまった。

鮎子さんの顔からみるみる血の気が引いていく。

祖母は同じことを言ったその日、脳梗塞《のうこうそく》で亡くなった。

母は数日後、勤め先の工場でプレス機に挟まれ、亡くなった。

友人も数日後、入浴中にドライヤーが湯船に入って感電死している。

なぜそうなったのかは分からない。ただ結果として、みんな線香の煙にうっとりして、まるで何かに連れていかれるようにして死んでいた。

娘はなおもふくふくと笑いながら、白々とたゆたう煙を夢中になって嗅ぎ続けている。

そんな娘を鮎子さんは震えながらも強く抱きしめ、身の安全を切に願った。

　それから四日後、彼女の娘は近所の橋から落ちて亡くなっている。

残りわずか

今から十三年ほど前。私が拝み屋を始めた最初の夏場に、こんな些細《ささい》な一幕があった。
お盆の夕暮れ近く、当時暮らしていた実家の庭先で夕涼みをしていた時のことである。
「しんどう、にじゅうさん」
ふいに頭のすぐ真後ろで、声が聞こえた。
ふわりと柔らかで、ほんのわずかに甲高い音色を含んだ声質。
声の印象から察して、なんとなく小さな女の子の姿が思い浮かんだ。
この時、郷内心瞳《ごうないしんどう》という拝み名を師匠から頂戴《ちょうだい》したばかりで、年齢も二十三歳だった。
反射的に背後を振り向いてみる。けれども声の主はどこにも見当たらなかった。
辺りではヒグラシたちが寂し気な声で鳴き交わすばかりで、人の影などどこにもない。
だから驚いたといえば、まあ驚いた。
けれどもその後、他に何が起きたわけでもない。
私を見舞ったのは、たったの一声。時間にすれば、わずか数秒。
我が身に起きたのは、ただそれだけのことに過ぎなかった。だから時間が経つにつれ、
この日の小さな怪異の体験は、私の記憶の中で薄まっていった。

けれども翌年のお盆も、声は再び私を見舞った。

「しんどう、にじゅうに」

今度は自宅の門口で迎え火を焚《た》いているさなかだった。やはり頭の真後ろで聞こえた。振り返ったところで誰の姿もないことも、去年とまったく同じである。

だがこの時、私は二十二ではなく、二十四歳だった。

「なんだよ、歳を間違えてるぞ」

夕闇迫る門口で虚空に向かって言葉を返し、失笑してしまったことを覚えている。

その翌年もまた呼ばれた。

お盆の昼日中、自家の墓参りに出向いた時のことである。今度の声はこうだった。

「しんどう、にじゅう」

この段に至ってようやく、毎年数が減っていることに気がついた。

しかも突然、ふたつも数が減っている。さすがに少し薄気味悪く感じるようになる。

さらに翌年のお盆も声は聞こえた。夜中に自室でテレビを観ていた時のことだった。

「しんどう、じゅうろく」

今度は一気に四つも数が減っていた。たちまちぞっとなり、背筋にぱっと粟《あわ》が生じる。

「一体、なんだってんだ！」

思わず怒声を張りあげ背後を振り返るが、やはり声の主はどこを探せど見当たらない。無人の虚空から、答えが返ってくることさえもなかった。

毎年お盆になると聞こえるこの声は、一体なんの「数字」を告げているのだろうか？

真っ先に思い浮かんだのは、カウントダウンである。

「二十三」という、当時の私の実年齢から始まった数字が毎年減っていくという流れは、単純に考えて「ゼロ」になった瞬間が我が命の終わり、という解釈が最もしっくりくる。あるいは拝み屋を始めた初年から始まった怪異なので、私の「拝み屋としての寿命」を指しているのかもしれない。

どちらにしても、毎年じわじわと数字を減らして、いかにも人の不安を煽《あお》るやり口が嫌でも私にそう思わせた。

だがそうは思えども、それを如実に裏づけられる、なんらの確証があるわけでもない。もしかしたら寿命のカウントダウンなどではなく、数字がゼロになった瞬間、ないしはゼロになったその年に意想外の何かが起こるという趣向なのかもしれない。

仮にそうだとするなら、大層趣味の悪い趣向である。年に一度の些細な怪異とはいえ、それでも気味の悪いことに変わりはない。

拝めば何かしら分かるのではと思い、「じゅうろく」と告げられた年には、仕事場の祭壇へ向かい、あれやこれやと思案を巡らせながら、初めて真剣に拝んでみた。

けれども結局、答えは何も出てくることはなかった。

数字の意味は元より、声の主が何者であるのかさえ、まったく分からずじまいだった。

その後も毎年、名前と数字を呼ばれ続けている。

ある年には昼食を食べているさなか。ある年には真夜中にテレビゲームをしている時。

またある年は、県外へ出張仕事に出かけている真っ最中に呼ばれたこともある。

どうやらお盆という期間以外に、時間や状況に関して特定の法則はないようである。

数自体は前年からひとつだけ減る年もあれば、一気に三つも四つも減る年もあった。

もしかしたらこの数というのは本当に、私自身の寿命を指しているのではないか……。

真剣に思い惑い始めたのは、残りの数が一桁台《ひとけただい》にまで減ってしまった頃からである。

そうして本書の舞台となる二〇一五年の前年——二〇一四年のお盆に告げられた数は、とうとう「いち」になってしまった。

今年のお盆、私は件《くだん》の声になんと告げられるのだろう。

今年のお盆を、私は無事に過ごすことができるのだろうか。

二〇一五年の春。盛夏にはまだ遠く、桜は咲けども未だ肌寒い日々が続く頃。

私は肌身に感じる寒さとは異質の寒気を覚えながら、言い知れぬ不安に駆られていた。

果てなき営み

板金会社に勤める苅部《かりべ》さんの後輩に、北川《きたがわ》君という二十代前半の青年がいた。

彼が入社して、まもなくのことである。苅部さんは彼からこんな話を聞かされた。

北川君は就職を機に実家を出て、市街のアパートで独り暮らしをしていた。

ところが引越してからまもなく、自室に毎晩、幽霊が出るようになったのだという。

「どんな幽霊なんだ？」

半信半疑で話を聞いていた苅部さんが尋ねると、北川君はこう答えた。

「丸裸の女の幽霊なんです。毎晩僕が寝ている布団をめくりあげると、僕の身体の上に乗っかってきて、僕の両手を引っ摑《つか》むんです。それで、無理やり自分の胸に僕の両手を押し当てて、無理やり揉《も》ませようとするんですよ。それがもう、本当に厭《いや》で厭で……」

予想もしていなかった北川君の回答に、思わず「ぷっ！」と噴きだしてしまう。

「最高の幽霊じゃないか！　それも毎晩なんだろ？　遠慮なくどんどん揉んでやれよ！満足するまで揉んでやったら、向こうも成仏するかもしれないぞ！」

思春期のガキじゃあるまいし。夢か幻かは知らないが、よほど溜《た》まっているのだろう。だからそんなものを視てしまうのだと、苅部さんは笑った。

　ところが続く北川君の回答を聞くなり、顔から笑みが引いてしまう。

「その女、確かに素っ裸で胸を触らせます。でもそいつ、顔がぐちゃぐちゃに割れてて、目も鼻も口も、判別できないような顔をしてるんです。顔中、真っ赤な血がしたたって、まるで食い散らかしたラザニアみたいな顔をしてるんですよ？」

　──そんな女の胸を揉めますか？

　暗い顔をした北川君の問いかけに、苅部さんは「ううん」と首を捻《ひね》るしかなかった。

「そんな幽霊が出るアパートなら、さっさと引越しちまえばいいんじゃないのか？」

　なぜそうしない？　部屋を替えれば全て解決だろうと、苅部さんが問いただす。

　すると北川君はこう答えた。

「部屋、替わっても意味ないんです。毎晩のことだからさすがに神経がまいっちゃって、実家に避難したこともあったんですよ。でもダメでした。実家の布団にも女は来ました。友達の家に泊まりにいっても出ました。だから引越しても多分、意味がないんです」

　──どこにも逃げ場、ないんですよね。どうやら僕自身に憑いてるみたいなんで。

　ぽつりとつぶやくように、北川君は言った。

　それから数日後、北川君は突然会社に「今日限りで仕事を辞めます」と電話を寄こし、二度と姿を見せなくなった。

　だから彼が今、どこでどうしているのかは分からないそうである。

洟提灯

昔、吉目木《よしめき》さんが国道沿いの飲食店でアルバイトをしていた時の話である。

店は昼の営業時間が終わると夜の営業が始まるまでの間、従業員一同が店の奥にある休憩室で昼寝をする習慣があった。

早朝の仕込みと昼時の激務に疲弊した従業員らは、遅めの昼食を食べ終わるやいなや、ばったりと横になり、やがていくらもまを置かず、すやすやと静かな寝息を立て始める。

吉目木さんも身体は疲れていたが、貴重な休憩時間を少しでも有効に過ごそうと思い、他の従業員たちが寝息を立てる傍ら、独りで本を読んでいることが多かった。

ある日、いつものように本を読んでいると、背後からぷあああんと、ラッパのような甲高い音が聞こえてきた。

鼾《いびき》にしては妙な音だなと思って振り返ると、清田《きよた》さんという年配の調理師の鼻穴から、薄茶色をした風船のようなものが膨らんでいるのが目に入った。

うわあ、洟提灯《はなぢょうちん》かよ。初めて見た……。

噴きだしそうになるのをどうにか必死で堪《こら》え、鼾をかいて寝入る清田さんの洟提灯をしげしげと観察する。そこへ再び、ぷああんと鼻が鳴った。

するとする親指大だった湊提灯が、今度は拳骨《げんこつ》ぐらいのサイズに膨らんだ。
両手で口元を押さえ、肩を揺らして笑いながら、清田さんの湊提灯をさらに覗《のぞ》きこむ。
すると、またもやぷあぁんと鼻が鳴った。
拳《こぶし》大だった湊提灯が、人間の頭ほどの大きさにぶわりと膨らむ。
さすがにぎょっとなって身を引いた。硬直しながらもそのまま見入っていると、
ふいに湊提灯の根元がくいっと捻《ね》じ曲がり、こちらへ百八十度向きを変えた。
粘り気を帯びた湊提灯の表面に、人間の顔があった。
男の顔だった。
目は細く、鋭く尖《とが》り、吉目木さんの顔をまっすぐ見つめて睨《にら》んでいた。
「言うなよ」
うなるような濁声《だみごえ》で男はひと言、吉目木さんに向かってつぶやいた。
すっかり肝を潰《つぶ》した吉目木さんが無言のままにうなずくと、湊提灯は再び清田さんの
鼻の中へ縮むようにするすると消えていったという。

その翌週、清田さんが地元の川に身を投げて亡くなった。
自殺をするような動機は何もなく、清田さんをよく知る職場や周囲の関係者は元より、
家族でさえも理由がまったく分からないと、頭を抱えるほどだったという。
湊提灯に浮かんだ顔の話は、結局怖くてできませんでしたと、吉目木さんは語った。

白塗り

土木作業員の益子《ましこ》さんから、こんな話を聞かされた。

ある時、道路工事で訪れた現場は、うら寂しい山間部をひっそりと走る細い田舎道で、雑木林に阻まれた道路沿いの土手には、古びた小さな墓地があった。

作業中に何気なく墓地のほうを見やると、緑色に苔生《こけむ》した墓石の前にちょこんと座る、人形の姿が目に入った。

長い黒髪に真っ白い顔をした、全長三十センチほどの背丈をした市松人形である。

墓はこのまま地面と一体化して判別がつかなくなりそうなほど朽ちかけていたけれど、墓の前に座る人形のほうはまだまだ新しそうで、遠目には目立った汚れも見当たらない。

墓に人形が供えられている光景など初めて見たので、しだいに興味が湧いてきた。

休憩時間、同僚たちに話してみると彼らも興味を持ったので、みんなで墓まで行ってくわしく様子を見てみようということになった。

土手を上って墓の前へと赴き、墓前に座る人形をまじまじと眺めてみる。

近くで見ても人形にはやはり、目立った汚れは見られなかった。黒い髪にも着物にも、新雪のように真っ白い顔にさえも、染みひとつついていない。

墓を弔う身内が最近供えたものなのか、あるいは墓が古いだけに、大昔から何がしか変わった言い伝えでもあって、定期的に新しい人形を供え直しているものなのか。

事情はまったく分からなかったけれど、人形は真新しい状態のまま、緑色に苔生した墓の前に碁石のような黒いまなこを光らせながら、無言で鎮座ましましていた。

人形を眺めながら同僚たちと軽口を叩《たた》き合っている最中、益子さんはその場のノリでなんとなく、人形の真っ白い額をそろりと指で撫《な》でてみた。

とたんに目の前から人形がぱっと消え失《う》せ、影も形もなくなった。

みんなで悲鳴をあげながら墓の周囲を探してみたが、いくら探せど人形は見つからず、得体の知れない気味の悪さに身震いしながら、仕事を終えて家路に就いた。

結婚から半年、年下の妻と暮らし始めてまだまもないアパートへ戻り、玄関を開ける。

「あァァァァァァァりガとおおおおおおぉおおおぉおぉ！」

とたんに真っ白い顔をした妻が壊れた笑みを浮かべ、突っこむように抱きついてきた。

有機溶剤特有のくらくらしてくる鋭い臭いが鼻を突き抜け、たちまち嘔吐《えず》きそうになる。

どうやら妻の顔に塗られているのは、白いペンキらしかった。

「あァァりガとおぉおぉおぉおぉ！　ああァァりガとおぉおぉぉおおおぉおぉ！」

益子さんの制止もまるで聞かず、妻は猛禽《もうきん》のようにぎらぎらした眼差《まなざ》しで益子さんをまっすぐ見つめ、何度も何度も「あァりガとおぉおぉ！」と繰り返すばかりだった。

未《いま》だに妻は正気に戻らず、精神科への入退院を繰り返しているのだという。

終わりへ向かう痛みI

四月下旬のある日、午前と午後の二回にわたり、憑《つ》き物落としの仕事をおこなった。

午前中は、自殺した不倫相手にとり憑かれたという中年の男性。

午後は、彼岸の墓参りに行って以来、毎晩金縛りにあうようになったという若い女性。

どちらも当の依頼主は深刻な面持ちだったが、普段どおりのやり方で憑き物を落とし、仕事が終わる頃には晴々とした顔をして帰っていった。

日に二件は珍しいことだったが、それでも仕事の中身は大したことのないものだった。


仕事が終わって約一時間後、夕方五時近くのことである。

そろそろ酒を呑《の》もうとし始めたところへ、背中にひどい痛みを感じた。

まるで背骨が砕けんばかりに思いっきり握り潰されるかのような、苛烈な痛みだった。

痛みに耐えきれず、ウィスキーボトルを開ける手を止め、その場にどっと身を横たえる。

こうした痛みは昨年の十二月頃から、たびたび繰り返されていた。

何分、大量飲酒で不摂生を続けている身である。長らく酒が原因なのだと思っていた。

だが最近になって、どうやら原因はまったく別のものであるらしいことが分かってきた。

背中に痛みを感じるのは、仕事で魔祓《まばら》いや憑き物落としをおこなったあとに限られた。

仮に酒が原因であれば、こんな法則ができるわけがない。

一体、どういう理屈で魔祓いや憑き物落としをすると背中に痛みが生じてしまうのか。

ちなみに以前は、一度もこうしたことはなかった。

理屈も仕組も分からなかったが、一度気がつくと、この法則はかならず当て嵌《は》まった。

だから魔祓いと憑き物落としが必要な仕事には、自《おの》ずと身構えるようになっていた。

一方、痛みの具合やどの程度で痛みが治まるのかも、毎回ほとんど同じだった。

痛みの具合は前述のとおり。決して好ましい感覚ではないものの、痛みが生じ始めて
およそ二時間も経つ頃には、嘘のようにぴたりと治まる。この法則に気がついてからは、
時計を見ながら時間が経つのを気休めに、どうにか痛みに耐えられるようになっていた。

やれやれ、やっぱり今日も始まったか――。

畳の上に身を横たえたまま、頭上に掛けられた時計を見あげ、苦悶《くもん》の時を耐え始める。

背中じゅうを暴れ回る激しい痛みに責め苛《さいな》まれ、時々悲鳴に近い呻《うめ》き声をあげながらも、
時計の針を頼りに「あともう少し」と思いながら、ひたすら痛みに耐え続けた。

ところがこの日は二時間半を過ぎても、痛みは一向に治まらなかった。

三時間も我慢すれば、さすがに消えてくれるだろう。

脂汗をかきながら苦悶しつつも、なんとか己を奮い立たせ、さらに痛みに耐え続ける。

だが三時間ばかりか、四時間を過ぎてさえも痛みはまったく治まる気配がなかった。

その後もどうにか辛抱強く横になっていたのだが、痛みが始まっておよそ五時間余り、午後の十時半過ぎにとうとう私は限界を迎えた。

仕事場に妻を呼んで実家の母に連絡をとってもらい、まもなく駆けつけた両親と妻に半ば担がれるようにして、地元の総合病院へ連れていってもらった。

三時間ほどかけて血液検査と尿検査、それからエコーで背中と腹部の検査を受けた。

結果はどこにも異常なし。

密《ひそ》かに懸念していたアルコールの影響もないらしく、身体は至って健康と診断された。のみならず、検査が始まって一時間ほどした頃には、痛みもすっかり引いてしまった。

日を改めてCTなどの検査も受けたが、こちらでも特に異常らしい異常は見つからず、結果として高い医療費と引き換えに、〝健康体〟というお墨付きをもらっただけだった。

痛みの原因は、せいぜい申し訳程度に「ストレスによるもの」と言われたくらいである。

不本意な結果と感じた半面、それは大体予想していたとおりの診断結果でもあった。

病気でないとするなら、痛みの原因はやはり、魔祓いや憑き物落としにあるのだろう。

だが原因が分かったところで、道理は依然として何も分からないままだった。

なんとなく考えられるのは、これまで少々無理をし過ぎたかな、ということだった。

拝み屋を始めて十五年近く。思い返せば大した実力もないくせに身の程もわきまえず、ずいぶん無茶なことをやらかしてきた。まともな拝み屋であれば即座に手を引くような危ない案件にも不用意に関わり、その都度、心身に過大な負担もかけてきている。

その畳まりが今になって、一気に来たのではないかと考える。
あるいはこの数ヶ月、やたらと冴《さ》えている私の勘と何がしか、厭《いや》な関係でもあるのか。
どちらが原因であっても、先行きはあまり明るくなさそうに感じられた。
さらに加えて、毎年お盆になると聞こえてくる、得体の知れない例の声。
去年はとうとう「いち」だったから、今年の数字はすでに決まったようなものである。
やはりあれは単純に、カウントダウンだったのではないかと思う。
もしかしたらもう、あまり長くないのかもしれないな。
漠然とだがこの頃から私は、そんなことを考えるようになっていた。

ムカサリ絵馬

ムカサリ絵馬とは、図らずも未婚のままにこの世を去ってしまった故人の無念を想い、婚礼衣装を召した故人と、架空の伴侶《はんりょ》の姿を並べて描いた絵馬や額絵などを寺へ奉納し、叶《かな》わなかった婚儀を成就させて供養とする、山形県村山《むらやま》地方に伝わる風習である。

数年前、会社員の持田《もちだ》さんが、ムカサリ絵馬で有名な某寺を訪れた時のこと。

小さな寺の壁じゅうにびっしりと掛けられ、奉られている絵馬や額絵を眺めていると、額絵の中の一枚に真っ赤な花嫁衣装を召した、綺麗《きれい》な女性の姿が目に止まった。

女性は晴れやかな笑みを浮かべ、紋付袴姿《はかますがた》の若い男性と、仲睦《なかむつ》まじく並び立っている。絵の脇に筆書きされた文言を読んでみると、亡くなっているのは若い男性のほうだった。そうなると、隣に並ぶ花嫁衣装の女性は、架空の人物ということになる。

繊細なタッチで目鼻の細部まで描きこまれた花嫁の顔は、実在の人物かと見紛《みまが》うほど生き生きとしていて、大層魅力的なものだった。自分も結婚するならこんな綺麗な人をもらいたいものだとうらやみ、絵の前で深々とため息が漏れる。

もしもよかったら、俺と結婚してくれませんかね？　絶対大事にしますから。

四角い額の中から微笑む花嫁に向かって、心の中で冗談交じりのお願いをする。

一体何を願っているのかと自分自身に呆《あき》れながら、頭を振りつつ寺をあとにした。


それから半月ほど経った辺りから、持田さんの周囲に真っ赤な花嫁衣装を召した女が、しばしば姿を見せるようになった。

初めは勤め先の会社で、薄暗い廊下の先を横切っていくのを一瞬だったが、目撃した。

その次は朝の通勤時。信号待ちをしているさなか、道の向かい側に建つビルの角から、首から上だけをぬっと突きだし、こちらをじっと見つめているのを見た。

休日に書店へ買い物に行った時、書棚の陰にぽつりと佇む姿を見たこともある。

会社の呑み会で居酒屋へ行った時、トイレの鏡の端に映っているのを見たこともある。

いずれも見えるのは一瞬で、持田さんが姿を認めると煙のように消えてしまうのだが、一瞬であっても真っ赤な花嫁衣装が目に染みて、嫌でも脳裏に姿がこびりつく。

もしかしたら、とんでもない願いをしてしまったのかもしれないと思い、日を改めて再び寺へ行ってみた。

ところが寺じゅうの額絵をどれだけ探しても、あの花嫁の絵だけが見つからない。

恐る恐る住職に事情を説明してみたのだが、住職自身も絵の所在は分からないという。

お詫《わ》びの経をあげてもらい帰って来たものの、その後も花嫁は現れ続けているという。

いつか、今よりもとんでもないことが起こりそうで恐ろしいと、持田さんは語っている。

母上さま

富樫《とがし》さんが夜勤でバイトをしているコンビニに、小西《こにし》さんという四十代半ばの男性が新しくバイトに入った。

本人はあまり多くを語らなかったが、長年働いていた勤め先をリストラされたらしく、不本意ながらも生活のため、渋々バイトの募集に応募してきたようだった。

夜勤のバイトには、家計の不足分を埋め合わせるため、本職と掛け持ちで勤めている妻子持ちの中年男性も少なくない。事情はどうであれ、小西さんのような年代の人物がバイトに入ること自体は別段珍しいことではなかった。

ただ、他の中年店員たちと違って、小西さんは著しく仕事の覚えの悪い人だった。

米飯類の廃棄処理は毎回検品漏れが発生し、期限切れの商品が陳列棚に並びっぱなし。ホットスナックの什器《じゅうき》やおでん鍋《なべ》の洗浄は、何度やらせても汚れが残ったまま。宅配便の発送手続きやチケット類の発券処理などは、いつまで経っても手順を覚えず、毎回富樫さんに助けを求めにやってくる。

仕事全般ができない以外にも会計時、レジ袋を広げる際に指を舐《な》めるくせがあって、客からたびたび苦情がきていたのだが、それすら改善される気配はまったくなかった。

万事においてそんな具合だったから、店のオーナーからも目をつけられた。

普段は深夜、店に顔をだすことのないオーナーが、小西さんが夜勤に入っている時はしばしば抜き打ちで店を訪れ、彼のミスを目敏《めざと》く見つけては、ねちねちと嫌味交じりの説教を始める。傍目《はため》にも居心地の悪い光景が毎度のように繰り返された。

オーナーの長い説教に対して小西さんは、反省しているのかどうなのか判然としない奇妙な半笑いを終始浮かべ、ぺこぺこと頭をさげ続けるのが常だった。

それが一層オーナーの怒りに火をつけ、説教がさらに長引く原因にもなっていた。

「もう少し要領よく立ち回ったほうがいいっすよ」

説教後、フォローのつもりで何度か声をかけたこともあったが、これにも小西さんはへらへら笑うばかりで要を得ず、そのうち富樫さんも愛想を尽かしてしまった。


小西さんが勤め始めて、ふた月ほどが経った頃だった。

深夜、小西さんとふたりでレジに立っていると、大人の手の平ほどもある大きな蛾がどこからともなく飛んできて、事もあろうに仕込んだばかりのおでん鍋の中へ落下した。

熱々のだし汁に浸《つ》かった蛾はもがき苦しんで翅《はね》をばたつかせたため、おでん鍋の中はたちまち黄土色の鱗粉《りんぷん》だらけになってしまう。

「これ、どうします？」と小西さんが尋ねてきたので、「全部廃棄にしてください」と富樫さんは応《こた》えた。とてもではないが、売り物になる状態ではない。

小西さんにおでんの廃棄を任せ、富樫さんが商品の品出しをやり始めた時だった。

「お前、何やってんだコラ!」

静まり返った店内に怒声が轟《とどろ》き、続いて小西さんの「はい?」という声が聞こえた。急いでレジへ向かうと、オーナーが鬼のような形相で小西さんを睨《にら》んでいる。小西さんの片手には、廃棄されたおでんが詰まったゴミ袋が握られていた。

「鍋に蛾が入っちゃったんで、捨ててるんです」

小西さんはしどろもどろに答えたが、オーナーはやれやれといった調子で頭《かぶり》を振り、

「そんなんでいちいち捨ててたら、キリがねえだろうが!」と、さらに声を張りあげた。

「この鍋いっぱいのおでんダネを仕入れんのに、一体いくらかかってると思ってんだ?その金を払ってんのは誰だと思ってる? 人の金だと思って気安く捨ててんじゃねえ!見ぬもの清しって言うだろうが? 汚れをとったらそのまま売ればいいんだよ!」

どう考えてもオーナーの理屈のほうがおかしかった。小西さんに廃棄を任せたことを富樫さんは、大層申し訳なく思う。

すぐさま、「自分の指示です」と言おうとしたのだが、怒り狂ったオーナーの勢いは一向に治まらず、なおも小西さんに罵声《ばせい》を浴びせ続けた。

「大体、食べ物を粗末にすんなって、ガキの頃に母ちゃんから躾《しつ》けられなかったか?」

「はい……そういうふうに教わりました」

相変わらずの半笑いで、小西さんがおずおずと答える。

「じゃあなんでこんなことができるんだ？　お前の頭は右から左のバヵなのか？」

「いや……そういうわけではないと思いますが」

「なら、お前の母ちゃんの教え方が悪かったんだな？　どうせお前の頭と五十歩百歩のどん臭え親なんだろ？　おでんじゃなくてお前ら親子を廃棄処分してやりてえよ！」

言い切るなりオーナーは「もういいからさっさと捨てて来いよ！」と小西さんを促し、そのまま事務所の中へ消えていった。

「小西さん、すみませんでした。俺のほうからオーナーにきちんと説明しますから」

レジの中で木偶《でく》のように突っ立つ小西さんに声をかけたが、小西さんは小さな声で「あ、これ捨ててきますから」とだけ答え、小走りに店の外へ出ていってしまった。

結果、静まり返った店内に富樫さんだけがぽつりと取り残されてしまう。

初めはオーナーに事情を説明しにいこうと考えていたのだが、先刻までのオーナーの怒り方を頭に浮かべると、なかなか事務所に行って話を切りだしづらかった。そのうち、このまま黙っていたって別にいいかと思い始めるようにもなる。

品出しを続けながら、何気なく店内の時計に目をやると、小西さんがおでんを捨てに店を出てから、もうすでに五分以上が過ぎていた。ゴミ置き場は店の裏側にあるので、そんなに時間がかかるはずもない。

ちんたらしてるとまた怒られるぞ。

やれやれと思いつつ、様子を見るため富樫さんも店を出た。

店の外壁をぐるりと回り、裏手に面したゴミ置き場へ向かうと、堆《うずたか》く積みあげられたゴミ袋の前に小西さんの姿があった。

言おうとしかけた言葉が、目の前の異変を感知するなり、のどの奥でたちまち消えた。

――何やってんすか。早く戻ってきてくださいよ。

小西さんの目の前にもうひとつ、奇妙な人影があった。

人影は上半身しかなく、小西さんの目線より数十センチほど高い宙に浮いている。

「母上さま、そうなのです。母上さま、どうかどうか[redacted]てください……」

宙に浮かぶ人影に向かって小西さんは、何やらぶつぶつと一心不乱につぶやいていた。

蚊の鳴くように声は小さくくぐもっているため、一部は聞き取ることができなかった。

けれども〝母上さま〟という言葉だけは、はっきりと聞き取れた。

〝母上さま〟ってなんなんだ？

慄《おのの》きながらも夜陰にまぎれた人影に向かって、そっと目を凝らす。

まるで焼け焦げたススキのごとく、ばさばさに乱れた黒髪が、まず見えた。

続いて顔。髪の間から覗《のぞ》くやたらと色の白い顔面は、額や頬、顎《あご》といったあちこちに大きな瘤《こぶ》のようなものができていて、輪郭も留《とど》めないほどぱんぱんに腫《は》れあがっている。

唇は上下ともバナナのように太く、上と下が左右に捩《ねじ》れるようにずれていた。

首から下を見てみると、首元には半衿《はんえり》を着けているようなVの字の線が幽《かす》かに見える。

だが両腕はなく、腹から下も暗闇に融けたかのように黒く染まって何も見えなかった。

〝母上さま〟と呼ばれたそれは、小西さんの目の前でぷかぷかと上下に揺らめきながら、無言で小西さんを見おろしていた。

「母上さま、母上さま、■■です、■■です。何とぞ、何とぞ、■■てください……。母上さま、母上さま、■■でございます。何とぞ、何とぞ、■■です……」

〝母上さま〟を見あげてつぶやき続ける小西さんの顔は、今まで一度も見たことのないけだものじみた荒々しさを帯びていた。まるで邪教の神を崇《あが》める狂信者のような形相に、心の芯《しん》からぞっとする。

とても声をかけられる雰囲気ではなく、富樫さんは急ぎ足で店へと戻った。

それから数分ほどで、小西さんも店の中へ戻ってきた。

先ほどまでの異様なそぶりは影すら見られず、いつもの弛《たる》んだ顔に戻っていたけれど、富樫さんは退勤時間まで平静を取り繕うのにかなりの苦労を要した。

加えて今後、小西さんとどんな顔をして付き合っていけばよいものか。そんなことを考えると胃の腑《ふ》に酸っぱいものが溢《あふ》れ返り、退勤後も気分が滅入《めい》って堪《たま》らなかった。

ところが次のシフトの日、小西さんは店に現れなかった。

代わりにシフトに入った同僚に尋ねると、「急に辞めた」と聞かされた。

オーナーはカンカンに怒っているとのことだったが、先日の理不尽な罵《ば》倒《とう》を考えれば、これでおあいこだろうと富樫さんは思った。

けれども実際は、それでおあいこなどではなかった。

それから数日後の夜、小西さんの穴埋めとして、オーナーが夜勤のシフトに入った。

仕事中、オーナーは富樫さんに向かって、小西さんの悪口を延々と吐き散らしていた。

小西さんの話をされると、先日目撃した〝母上さま〟の姿が厭《いや》でも脳裏に浮かぶため、富樫さんのほうは勘弁してくれよと思いながら、渋々話を聞いていた。

やがて時刻が、深夜二時を回る頃だった。

それまで破竹のような勢いで小西さんに対する罵詈《ばり》雑言《ぞうごん》を吐き連ねていたオーナーが、やおらぴたりと口を閉ざして押し黙った。まるで時間を止められてしまったかのように、顔も身体もぴくりとも動かなくなる。

怪訝《けげん》な顔で様子を窺《うかが》っていると、出し抜けにオーナーが奇妙な叫び声をあげた。

「ぶうぅん、ぶうぅーん、ぶうぅぅぅぅぅぅん！」

「ぶうぅん、ぶうぅーん、ぶううううぅぅぅぅぅぅぅぅぅん！」

続いてオーナーは両腕を羽のようにばたつかせ、売り場を滅茶苦茶に駆け回り始めた。

顔には幼児のような笑みが浮かび、股《また》ぐらからは茶色い汚物がしたたっていた。

富樫さんが制止しようと、店に客が訪れようと、オーナーはお構いなしに乱れ続けた。

仕方なく救急車を呼び、オーナーはげらげら笑いながら病院に搬送されていった。

三年経った今でも彼は、正気に戻っていないそうである。

落とし前

中学時代、留美子《るみこ》さんは〝ヒビキマサヤ〟という、同い年の恋人を空想上に作りあげ、夜な夜な頭の中で彼との楽しい学校生活や、甘い恋愛の情景を夢想して楽しんでいた。

マサヤの空想は数年続いたが、やがて高校に入ると留美子さんには本物の彼氏ができ、マサヤを空想することもなくなってしまった。

それから十年以上経ち、留美子さんは結婚して、五歳になるひとり息子もできた。

ある日曜の昼下がり、家族で遠方のデパートへ買い物に出かけた時のことだった。

ふと目を離した隙に息子を見失ってしまい、真っ青になって探していると、店の前の路上に人だかりができていた。

厭な胸騒ぎを覚えて駆け寄ってみると、バンパーの片側がひしゃげた緑色の乗用車と、路上に仰向《あおむ》けになって横たわる息子の姿があった。

息子は病院に搬送されたが、その日のうちに息を引き取ってしまった。

息子を撥《は》ねた男の名前はヒビキマサヤといい、学生時代に留美子さんが空想していたマサヤと瓜二《うりふた》つの顔をしていた。緑色の車は、空想の中で「俺が将来、乗りたい車」とマサヤが話していたものだったそうである。

鬼神の岩戸　序

「そういう話だとは、一切聞いてませんでしたよ」

テーブルの向かいに座る女性に向かって、私は失意の混じった太いため息を漏らした。

二〇一五年六月下旬、梅雨前線の真《ま》っ只中《ただなか》。

淀《よど》んで湿った空気が肌身に粘りつくように感じられる、ひどく暑くて不快な昼下がり。

新宿《しんじゅく》駅の南口付近にある小さな喫茶店に、私はいた。

店内奥に並ぶ小ぶりな丸いテーブル席につき、向かいに座る女性と軽く挨拶《あいさつ》を交わし、それから二分ほど、彼女の語り始めた話に黙って耳を傾けていた。だが、彼女が己の素性を明かしたとたん、たちまち「ふざけるな」という気持ちになった。

「申し訳ありません。騙《だま》すつもりはなかったんです。でも、わたしの肩書きを前もってお伝えしたら、お会いになってくれないんじゃないかと思いまして……」

まるで鳩尾《みぞおち》を殴られたかのような苦しげな面差しで、女性は深々と頭をさげた。

女性は名を、小橋美琴《こばしみこと》といった。

年代はおそらく、三十代の半ばほど。肩口で切り揃えた黒髪の間から覗く小さな面は、肌色が若干抜けて乳脂のように薄白く、どことなく腺病質《せんびょうしつ》そうな印象を感じさせる。

一週間ほど前に美琴から、出張相談を依頼するメールが届いた。

相談内容は対人問題と怪現象に関するものと記されていたので、文面通りに受け止め、私は特に疑うこともなくこれを承諾した。

けれども今更だったが、事前にくわしく確認すべきだったと後悔する。

彼女は現役の霊能師だった。

肩書きこそ違うが、実質的には拝み屋と大差ない生業《なりわい》という立ち位置に、彼女はいる。美琴は自身の肩書きを伏せたうえで、私に仕事の依頼をしてきたのだ。

主義として、昔から同業者とはなるべく接しないように心がけている。

一応、同業とはいっても、それはあくまで便宜上の話である。業務内容の特異性ゆえ、私たちが営むこの仕事は、なかなか一括《ひとくく》りにできるような単純なものではない。

個人個人によって主義主張も違えば、スタンスも異なるし、いわゆる霊感商法紛《まが》いの悪質な手口を意図的に用い、荒稼ぎしているような不届き者もこの業界には少なくない。余計な厄介事を呼びこまないためにも、同業者とは基本的に接触しないのが最善なのだ。

そうした私の方針をすり抜け、美琴が接触を図ってきたという事実に、私は少なからぬ不快感と憤りを覚えていた。

「確かに、事前に依頼主が同業だと分かってたら、こうして会うことはなかったろうね。――で、自分の素性を伏せてまでこちらに会いたいと思った理由はなんなんだろう？」

やたらと濃くて苦いコーヒーを齧《かじ》るようにすすりながら、突っ慳貪《けんどん》に尋ねてみる。

「実は少し前に郷内さんのだされたご本を読ませていただきました。『怪談始末』です。大変興味深く読ませていただきました」

怖じ怖じしながら美琴が答える。

『拝み屋郷内　怪談始末』は、昨年五月に公刊された、私の実質的なデビュー作である。私自身の周囲で起こった様々な怪異と、第三者から聞き得た怪異体験談を元に構成した、オーソドックスな体裁の怪談実話集である。

「それはどうも。何が〝興味深かった〟にしても、とりあえずお礼は言っておきますよ。で、あなたの今日の相談事と俺が書いた本だけど、これらは何か関係あるのかな？」

美琴はテーブルに置かれたコーヒーに向かって一度目を伏せ、わずかに躊躇《ためら》うような素振りを見せたあと、やがて意を決したように面をあげた。

「はい。桐島加奈江《きりしまかなえ》さんについて、くわしくお話をお聞かせ願いたいんです」

私の目をまっすぐ見つめ、美琴が言った。

そうきたか。いよいよもってふざけたことを――。

鏡を見ずとも、己の瞳孔《どうこう》が怒りですっと窄《つぼ》まるのが分かった。

「なるほど。そういうふうに〝くわしく〟とか言って、話を聞きたがる人は他にもいた。でも残念ながら、本には書いていないそれ以上のことを、本以外の形で教える気はない。ましてや相手が初対面の同業者だったら、なおさら口を噤《つぐ》みたくなる」

どうにか爆発だけは抑えたものの、それでも牽制《けんせい》的な嫌味は口から勝手に飛びだした。

桐島加奈江は、私の人生に深い関わりをもつ十四歳の少女である。

いや、〝もっていた〟と言うべきか。あの娘はもう、この世にいない。

「お気を悪くされたんでしたら、ごめんなさい。でも誤解しないでいただきたいんです。わたしは別に興味本位で加奈江さんのことをお尋ねしたいんじゃないんです」

またぞろ、鳩尾を殴られたような面持ちで美琴が語る。それでも声は落ち着いていた。

やわやわと言い含めるような声風《こわぶり》が、ますます私の癇《かん》に障った。

「興味本位でなければなんでしょう？　あの件に関して、霊能師さまの見地から閃《ひらめ》いたとっておきのアドバイスでもしてくださるおつもりかな？　だったら余計なお世話です。外野は黙っていてほしいですね」

加奈江と私にまつわる因縁話は、『怪談始末』にかなりの頁を割いて書き記している。それほどまでに私の人生において大きな割合を占め、複雑な事情を孕《はら》んだ話なのだ。

ただし『怪談始末』の作中には、事の発端から途中経過までしか書いていない。

意図してそうしたわけではなく、当時は現在進行形の状態だったので、事の顚末《てんまつ》まで書き記すことができなかったのだ。だから『怪談始末』における私と加奈江の因縁話は、最後に含みを持たせるような形で中途半端に終わっている。

純粋な怪談話として読むのなら、確かに興味深く、怖くて面白い話なのかもしれない。面白いと感じた読み手が、その後の展開を知りたいと思う気持ちも分からないでもない。そのような体裁で書いた私自身にも、まったく責任がないわけでもない。

だからこそ、今になって後悔していた。

昨年の暮れ近く、加奈江との長い因縁が不本意な形で終結してしまった今となっては、あんな話を公にするのではなかったと、私は心底悔やんでいた。

「加奈江さん、もういないんですね……」

ぽつりとつぶやくように、そこはかとなく寂しげな声風で、美琴が言った。

「どうしてそんなことが分かる？」

「だって、郷内さんから何も感じないから……」

当てずっぽうで言っているのだと思いたかったが、美琴の瞳《ひとみ》に宿る光は澄んでいた。

「加奈江さんは、郷内さんのタルパですよね？」

続けて美琴が尋ねてきた。

私はうんともすんとも返さなかった。

「実はわたしも昔、タルパがいたんです。だから、なんとなくですけど分かるんです」

本来の言葉が有する意味合いとは少々異なるが、美琴がこの流れで用いるタルパとは、平たく言うなら空想上の友人や恋人のことを指す。

頭で思い描いた架空の人物に年齢や性格、身長に体重、果ては経歴や好物に至るまで、細部にわたって設定を付与していく。細かな設定が決まったら、今度はそれを頭の中で明確な像を結んで見えるほどに想像し、あたかも実在するかのように動かし、喋《しゃべ》らせ、コミュニケーションを図っていく。

これを繰り返し丹念におこなうことで、タルパは意識の中でリアリティを増していき、うまくいけばそのうち独立した意思や感情まで持つようになるという。

要はかなり高度な空想遊びのたぐいなのだが、当人が意図して創りだす気はなくても、強いストレスや劣悪な生活環境から逃れるため、無意識に発現してしまうケースもある。後者は精神疾患すれすれか、あるいはそのものずばりと言える不幸の発露なのだろうが、前者も前者で決して健全な嗜《たしな》みではなかろうと思う。少なくとも、積極的に肯定したり推奨したりはできない行為だと私は思う。

「本題を聞いていただけるかどうかも分かりませんけど、その前にわたし自身に起きた昔の話、とりあえず聞くだけ聞いていただけませんか？」

このまま怒鳴って席を立ちたい気分だったが、もたもたしているうちにタイミングを逃してしまい、気づけば美琴は勝手に話を始めていた。

ミニチュアガーデン

美琴は小学二年生の頃、両親を相次いで亡くしている。

春先に父を難治性の癌で亡くし、同じ年の冬場には、交通事故で母を亡くした。

母の死からまもなく、美琴は信州の片田舎で暮らす、父方の伯父《おじ》夫婦に引き取られた。ちょうど三年生に進級する頃のことだった。

伯父夫婦に子供はいなかったが、別に喜んで迎えられたわけではない。ふたりの他に美琴を引き取る身寄りがいなかったため、渋々引き取られただけだった。

役所勤めで多忙な伯父は美琴にあまり関心を示さず、言葉を交わす機会も少なかった。けれども専業主婦で年じゅう家にいる伯母は、何かと美琴につらく当たった。

中でも一際つらかったのは、晩ご飯の時間になるまで、帰宅が許されないことだった。「早く帰って来られると電気代が余計にかかる」というのが伯母の言い分だったけれど、本音は単に、自分に家にいられるのが嫌なだけなのだろうと、美琴は知っていた。

転校先の小学校ではクラスのイジメグループにさっそく目をつけられ、庇《かば》ってくれる同級生もいなかった。日が暮れるまで誰かと一緒に過ごすことすらできなかった美琴は、毎日学校の図書室の片隅に身を隠し、本を読みながら時間を過ごした。

けれども困ったのは、夏休みに入ってからだった。

夏休みに入ると伯母は、「子供は元気に外で遊んできなさい」と言い放ち、朝一番で質素な作りの弁当と水筒を一本持たせては、毎日美琴を外に追いだした。

田舎の山間部とはいえ、真夏の外気と日差しは決して優しいものではない。戸外に渦巻く湿気混じりの強烈な熱気は、美琴の小さな身体から刻一刻と体力を奪い、天から降り注ぐ白銀色の強烈な日差しは、少し浴びただけで気を失いそうになった。

それでも公園や神社の日陰に身を隠し、どうにか暑さをやり過ごそうと堪えていても、同級生らに姿を見つけられれば、石や泥団子をぶつけられたり、追いかけられたりする。美琴にとって伯父夫婦の田舎で暮らす初めての夏休みは、暑さと悲しさに身を削られる、この世の地獄に他ならなかった。

そんな苦境に独りでじっと耐え続け、やがて七月が終わる頃のことだった。

油照りの炎天下、少しでも涼しくて安全な場所をと、地元の方々を彷徨《さまよ》い歩くさなか、美琴は自宅から二キロほど離れた雑木林の中に、古びた大きな屋敷を見つけた。

二階建ての洋館で、自宅や近所の民家と比べても、はるかに大きな構えの造りだった。ただ、外壁を伝って生え広がる緑色の蔦《つた》は、表の窓まで覆い尽くすほど繁茂していたし、広々とした屋根一面には、茶色い落ち葉が堆《うずたか》く降り積もっている。おまけに玄関ドアは留め具が壊れて、斜めに傾きながら半開きになっていた。

いずれの荒れ具合から察しても、屋敷に誰も住んでいないことは明白だった。

悪いことだと理解しつつも、自分の居場所を求める気持ちのほうが美琴の中で勝った。斜めにぐらつく玄関ドアをすり抜け、屋敷の中へと足を踏み入れる。

中はカーテンが閉め切られて薄暗かったけれど、空気はひんやりしていて涼しかった。熱気を帯びてひりひりしていた腕や首筋が、たちまちすっと冷えていく。

薄暗い廊下を伝って、広々とした家の中を一部屋一部屋、覗《のぞ》いてみながら進んでいく。知らない家を独りで探検するのは怖かったけれど、戸外の暑さや同級生たちの魔の手に比べれば、微々たる恐れに過ぎなかった。

廊下をしばらく進んでいくと、やがて屋敷の奥に、地下へと続く短い階段を見つけた。階段の先の暗闇には、古びてぼろぼろに傷んだドアがかすかに見える。

階段をおりてドアを開けると、中は二十畳ほどもありそうな、広々とした部屋だった。部屋の中はうっすら明るく、灰色にくすんだ壁際に沿って箪笥《たんす》や鏡台などの家具類や、工具棚、山積みにされた段ボール箱などが並んでいる。どうやら物置らしかった。

頭上に視線を向けると、部屋の奥側に面した壁際に細長い天窓があって、泥や土埃《つちぼこり》で曇ったガラス越しに、戸外の光が弱々しく差しこんでいた。

天窓が覗く壁際まで進み、ぺたりと床へ腰をおろす。

スカート越しに伝わる床の感触はごりごりと固く、氷のように冷たかった。

埃っぽくて黴臭《かびくさ》く、なんだかお化けが出そうな雰囲気だったけれど、ここには美琴の身体を蝕《むしば》む暑さもなければ、美琴を泣かせる同級生たちもいなかった。

その日から美琴は毎日、屋敷の地下で過ごすようになった。

上の階にいると誰かに見つかりそうな気がして落ち着かず、初めは渋々だったけれど、いざ過ごし始めてみると、そんなに苦にはならなかった。

冷たい床の問題は、積みあげられた段ボール箱を物色中に発見した毛布を敷くことで、難なく解消することができた。明かりは天窓から差しこむ陽光でなんとかなった。

床に敷いた毛布の上に寝そべり、図書室で借りた本を読むのが、美琴の日課になった。

薄暗い地下室で一日中、夢中になって本を読んでいると、なんだか以前テレビで観た『ネバーエンディング・ストーリー』の主人公になったみたいで胸が躍った。

自室から持ちこんだ時計の針を確認しながら本を読み進め、晩ご飯の時間が近づくと、後ろ髪引かれる思いで意地悪な伯母が待つ家へと帰る。

幸い、伯母に行き先を気取られることもなく、美琴は毎朝何食わぬそぶりで家を出て、屋敷の地下で誰にも傷つけられず、静かに一日を過ごすことができた。

しばらくそんな毎日を送り、初めのうちは満ち足りた気分で、それなりに楽しかった。けれども一週間が過ぎる頃になると、胸の中に冷たい風が吹き始めるようになってきた。

外では他の子たちが、楽しい夏休みを満喫している。

それなのに、自分はこんなところで何をやっているのだろう？

そんなことを考えるとますます気分が落ちこみ、しだいに本にも集中できなくなった。

代わりに毛布の上にくたりと寝そべり、放心することが多くなった。

頭の中につらいことや悲しいことが浮かんでくるときゅっと目を閉じ、心も閉ざして、まぶたの裏にできた黒一色の空虚な世界をただ呆然《ぼうぜん》と見つめ続ける。

そうしていると時折、考えるともなく、昔の楽しかった思い出が頭の中に浮かんだり、とりとめのない記憶が勝手に湧いてくることがあった。

朦朧《もうろう》として、自分が起きているのか眠っているのか判然としない、曖昧《あいまい》な意識の中に現れるそうした光景は、しばしば現実のように感じられることもあり、美琴の気持ちを虚《むな》しく慰めた。けれどもそれで、美琴の心が浮き立つことは少しもなかった。


地下室に入り浸り始めて二週間ほどが過ぎた、ある昼下がりのことだった。

放心しながら寝そべるさなか、美琴は奇妙な夢を見た。

夢の中でも美琴は屋敷の地下室にいて、毛布を敷いた床の上に座っている。

けれどもひとりぼっちではなかった。

美琴の目の前にはひとりの女の子がいて、美琴と一緒に楽しくおしゃべりをしている。

それは鮮やかな青い衣装に身を包んだ、とてもかわいらしい女の子だった。

上は斜めに襟の入った長袖《ながそで》のシャツ。下は裾《すそ》が太めで、ゆったりとした拵《こしら》えのズボン。上下とも艶《つや》やかな光沢を帯び、手触りのよさそうなさらさらした生地をしている。

黒い髪の毛は、頭の両脇で白い布に包まれ、ふたつのお団子状に結わえられている。

歳は美琴よりもひとつかふたつ、幼く感じられた。背丈も美琴より、少しだけ小さい。女の子はまるで、中国映画に出てくる昔の子供みたいな恰好《かっこう》をしていた。団栗《どんぐり》みたいにくりくりした目が愛らしい、邪気のない顔をしている。

女の子は美琴に微笑みかけながら、「一緒にいれば寂しくないね」と言った。

美琴も「うん、寂しくないよ！」と微笑んだ。

名前を尋ねると、女の子は「麗麗《リーリー》」と名乗った。夢の中だからなのか、名前を聞くと漢字も一緒に頭の中に浮かんだ。「かわいい名前ね」と美琴が言うと、麗麗も「美琴もかわいい名前だね！」と言ってくれた。

天窓から薄明かりが差しこむ静かな地下室で、美琴は麗麗と無垢《むく》な笑みを浮かべ合い、しばらく楽しいおしゃべりに興じた。

夢から醒《さ》めても、楽しい余韻が心にはっきり残っていた。まるで今しがたまで本当にこの地下室でおしゃべりをしていたかのような、それは鮮明な夢だった。

とても不思議な体験だったけれど、どうしてこんな夢を見たのか、心当たりはあった。うとうとしながら、昔のことを思いだしていたからだ。

両親が相次いで他界する一年前、美琴が小学一年生の時だった。

夏休みに、家族で台湾旅行へ出かけたことがある。

初めての海外旅行だったし、当時は小さ過ぎて右も左もよく分からず、今となっては細かいことはよく覚えていない。

けれども赤や緑の原色で彩られた街並みや、心の陰りさえも消してくれそうなくらい、どこまでも眩《まぶ》しく健やかな陽の光、身体が透けて吹き抜けていくように感じられるほど、優しくさわやかな風、そこに住まう人たちの底抜けに明るい笑顔や活気、まるで毎日がお祭り騒ぎのように楽しげな、あの国の雰囲気は今でも強く印象に残っている。

帰国からまもなく、お父さんが入院してしまったので、それが最後の家族旅行になってしまったけれど、美琴にとっては思い出深い旅行だった。

そんなことを思いだしていたから、きっとあんな夢を見たのだろうと思った。

それでも楽しい夢だった。たとえ夢でも、久しぶりに心が安らぎ、うきうきと弾んだ。麗麗って、いい娘《こ》だなと思った。また会いたいなと、美琴は思った。

翌日、美琴はふと思い立ち、家から持ちだしたハサミとガムテープ、マジックなどで、地下室に積まれた段ボール箱の切れ端を材料に、手の平サイズの小さな家を作った。緑色の屋根に赤い壁をしたその家は、台湾旅行の記憶を思いだしながら作ったもので、自分と麗麗が暮らすお家のつもりだった。思った以上に上手に作ることができたので、楽しくなって他にも同じサイズの家を何軒かと、ケーキ屋さんとお花屋さんも作った。

それらができると、今度は段ボール箱の一片を丸々切り取ったものを床の上に敷いて、マジックで道路を描いた。道路に沿って家と店を並べると、小さな町ができあがった。

思いもかけず、自分の手から生まれたこのささやかな箱庭に、美琴はいたく感激した。寝そべりながらしばらくいろんな角度で、小さな町並みを眺め回して楽しんだ。

ふと気がつくと、美琴は町の中にいた。

傍らには麗麗がいて、美琴に笑いかけている。

辺りをよくよく見回してみれば、町は先ほど美琴と麗麗が作ったものだった。

目の前には緑色の屋根に赤い外壁をした、美琴と麗麗の家が建っていたし、両隣には別の家、家の向かいにはケーキ屋さんとお花屋さんも建っている。建物はどれも本物で、もちろんサイズも大きかったけれど、美琴が作ったもので間違いなかった。

「美琴、お家を作ってくれてありがとう！」

ぴょんぴょん跳ねながら麗麗が言ったので、美琴も「どういたしまして」と微笑んだ。

それからふたりで家に入ってジュースを飲んだり、おいしいお菓子を食べたりしてパーティーみたいに楽しい時間を過ごした。

再び気がつくと、天窓から差しこむ光が弱々しくなって、辺りが暗くなりかけていた。

ずいぶん長い間、眠っていたらしかったけれど、そんなことよりも、また麗麗と会えて笑い合えたことが嬉《うれ》しかった。

それにどうやら、自分には魔法の力があるらしいことも分かった。

たとえ夢の中でも自分が作った町の中で遊べるなんて、魔法以外に考えられなかった。

麗麗もそうだけど、これはきっと神さまが、独りで寂しい思いをしているかわいそうな自分に与えてくれた、素敵な力なんだと美琴は考えた。

傍らに置かれた小さな箱庭を眺めながら、美琴は舞いあがるほど喜んだ。

翌日から、箱庭には続々と建物が増えていった。

ラーメン屋さんにお寿司《すし》屋さん、自分が大好きな本屋さんに図書館、おもちゃ屋さん、それから新しい家もたくさん作った。作ったお店には、ちゃんと店員さんもいてくれた。麗麗が喜ぶと思って、建物は台湾風のデザインや色遣いにしたものもいっぱい作った。実際、夢の中で建物を見た麗麗はすごく喜んでくれたし、美琴も楽しかった家族旅行を思いだして、とても懐かしい気持ちになることができた。

地下室の壁際に積まれた段ボール箱の中には、ビニール紐《ひも》やプラスチックの容器など、ガラクタ類がたくさん詰まっていて、工夫しだいでいずれもいい材料になってくれた。もちろん、段ボール箱自体もいい材料だったので、素材に困ることはなかった。

屋敷の地下室で箱庭作りに明け暮れる夏休みなど、本当は決して健全なものではない。自分がどんなに幼くたって、そんなことぐらいは分かっていた。

でも夢の中で麗麗と一緒に遊べるのなら、健全だろうが不健全だろうが関係なかった。不便なことに自宅のベッドでどれだけ眠っても、夢の中に麗麗は出てきてくれなかった。箱庭の夢さえ見ることができなかった。

だから麗麗と一緒に箱庭の町で遊ぶには、どうしてもこの地下室に来る必要があった。他にはどこにも居場所のない美琴にとっては、この地下室こそが唯一の居場所だったし、楽しい夢へと続く入口がある、この世でいちばん大事な場所だった。

夢の中で再会するたび、「美琴！　美琴！」とぴょんぴょん跳ねながら喜んでくれる麗麗が好きだった。

赤や緑の原色で彩られた台湾風の町並みを、元気に駆けながら笑う麗麗が好きだった。

自分のことを実のお姉さんみたいに慕ってくれて、甘えてくれる、麗麗が好きだった。

孤独と絶望に押し潰《つぶ》されて、本当は死ぬことさえも考えることがあった美琴にとって、今や麗麗は決して離れることのできない、かけがえのない存在になっていた。

だから美琴は来る日も来る日も一心不乱に、この地下室で箱庭作りに励み続けた。


やがて夏休みが終わり、二学期が始まっても、美琴は地下室へ通い続けた。

日曜日と祝日以外は、放課後から夕飯までの時間しか使えなくなってしまったせいでもどかしい思いもさせられたけれど、それでも麗麗との楽しい交流は続けられていたし、箱庭作りも続けていた。

切り取った段ボール箱の一片を地面代わりに用いた箱庭は、畳で三枚分ほどの面積に広々と拡張され、今では大きなデパートやホテル、台湾風の城や寺も建てられて、電車も走るようになっていた。駅も全部で三つ作り、それぞれの駅前に商店街も作った。

夢の中で歩く箱庭は、今やひとつの世界と言っていいほど、大きなものになっていた。

このままここでずっと住めればいいのにと美琴は思ったし、麗麗も「そうしたいね」と言ってくれた。それができないのが本当に残念で堪《たま》らなかった。

町が大きくなっていけばなっていくほど、思いはますます募り、夢から覚めるたびに胸が苦しくなる日が増えてきた。家に迎えられてそろそろ半年が過ぎようとする今でも、伯母《おば》は美琴に冷たく接するばかりだったし、学校でのイジメも続いていた。

放課後、泣きながら地下室へ駆けこんで目を閉じれば、夢の中で麗麗が慰めてくれた。だからどうにか踏ん張ることができたのだけれど、麗麗の温《ぬく》もりを感じれば感じるほど、その温もりがつらく、夢から覚めて現実へ戻るのが不安で恐ろしくも感じられた。

麗麗が待っている夢の世界を失いたくないことと、どうにか夢の世界にずっとい続け、麗麗といつまでも笑いながら暮らしたいという願い。

それらを守るためと叶《かな》えるために、美琴はその後も一生懸命、箱庭作りに励み続けた。

やがて九月が終わり、十月も半ばに差し掛かる頃のことだった。

その日は平日だったけれど午前中で授業が終わり、給食を食べると下校になった。

美琴はまっすぐ屋敷の地下へ向かい、箱庭の傍らに横臥《おうが》して、さっそく夢を見始めた。

数日前に完成した動物園のベンチに麗麗と並んで座り、ソフトクリームを舐《な》めながら、柵《さく》の向こうをのしのし歩くゾウやキリンを楽しく眺める。

「今度は何を作ろっか？」と美琴が尋ねると、麗麗は「遊園地がいい！」と答えた。

ジェットコースターや観覧車を作るのが大変そうで、ずっと見送っていたのだけれど、麗麗が願うならがんばって作ろうと思った。

それからこれも大変そうだったけれど、美琴は飛行場も作りたいと考えていた。飛行場ができて、この町から飛行機に乗って飛び立つことができたら、ここととは違うもっと別の場所へ行けるのではないかと思った。

そこが台湾でもいいし、他の国でもいい。あるいは美琴がまったく知らない世界でも、そこが楽しい場所ならどこでもいい。夢の世界の飛行場から麗麗とふたりで飛び立って、そのまま現実と永久にさよならできたらいいのに……。

美琴は少し前から、そんなことを思うようになっていた。

ソフトクリームを舐め終え、今度はフラミンゴを見にいこうとベンチから立ちあがり、歩き始めた時だった。

ふいに脇腹に強い衝撃が走り、弾みで地面へ前のめりに倒れた。

顔をあげると、目の前には麗麗の代わりに、クラスのイジメグループの姿があった。周囲の視界から動物園も消え失《う》せ、元の地下室に戻っている。

どうやら寝ているところを蹴飛《けと》ばされて、無理やり起こされたらしかった。

「お前、こんなとこで何やってんの？　気持ち悪ぃ」

リーダー格の背の高い女子が、寝ている美琴に向かって吐き捨てるように言った。

「今日からここ、あたしたちの基地にするから出て行けよ」

傍らに立っていた別の女子が、美琴を睨《ね》めつけながらつぶやいた。

総勢五名ほどいた他の面々も、美琴に向かって口々に罵声《ばせい》を浴びせ始める。

「あのさあ、さっきから気になってたんだけど、これって何？　お前の手作り？」

汚いものを見るような目つきで箱庭を見おろしながら、リーダー格の女子が言った。

「これも気持ち悪いし、邪魔臭いから撤去しちゃうね、はい終了〜！」

笑顔で宣言するなり片足を思いっきり振りおろし、箱庭の一角がぺしゃんこになった。

「やめて！」と叫んで立ちあがったけれど、すかさず別の女子に両手で突き飛ばされ、美琴は尻餅《しりもち》をついて冷たい床へ倒れこんだ。

リーダー格の女子に続き、他の面々もげらげら笑いながら、箱庭を踏み潰しにかかる。

何日もかかって作った駅前の商店街に、台湾風の綺麗《きれい》なお城やお寺、大きなデパートやホテル、お気に入りだったお花屋さんもおもちゃ屋さんも本屋さんもラーメン屋さんも、瞬く間に踏み潰されて無惨な残骸《ざんがい》に変わり果てていく。

動物園が踏み潰されたのを見た瞬間、美琴は麗麗が無事なのかと思ってはっとなった。

もしも麗麗がまだ箱庭の中にいるのなら大変なことになる。

お願いだから夢の中に……。違う。もうわたしの頭の中に帰ってきてますように……。

嗚咽《おえつ》をあげながら麗麗の無事を祈ったけれど、美琴の願いは叶わなかった。

「ぎゃあああああああああああああああああああああああああああああああ！」

小さな世界の全ての始まり。美琴がいちばん最初に作った、美琴と麗麗の家を誰かがぐしゃりと踏み潰した直後だった。

天窓に照らされた埃《ほこり》がちらちらと舞い散る地下室に、耳をつんざく大絶叫が轟《とどろ》いた。

それまで意地悪な笑みを満面に浮かべ、まるで憑《つ》かれたように箱庭を踏み潰していたイジメグループの面々から笑みが消え失せ、びくりと肩を竦《すく》ませたのは覚えている。

それから彼女たちが地下室のドアへ向かって我先にと駆けだして、階段を上っていく足音を聞いたことも覚えている。


けれどもそこから先の記憶はなく、気づくと美琴は病院のベッドの上にいた。

いかにも厄介そうな顔つきで付き添いをしていた伯母の話によれば、美琴は四日ほど昏睡《こんすい》状態にあったのだという。イジメグループの通報で、屋敷の地下室で痙攣《けいれん》しながら倒れているところを助けだされたことも聞かされた。

検査の結果、どこにも異常は発見されず、美琴は十日ほどで退院となった。

入院中、自分の身体よりも麗麗の安否のほうが気がかりで、ベッドで横になりながら何度も何度も夢の中で麗麗に会えるよう願い続けた。けれどもとうとう入院中に麗麗が美琴の夢に現れてくれることはなかった。

退院後、閉鎖されてしまった屋敷へどうにか忍びこみ、地下室のドアを開けてみると、滅茶苦茶に踏み荒らされてほとんど原形を留《とど》めていない、箱庭の残骸があった。

一縷《いちる》の望みを懸けて箱庭の傍らに寝そべり、以前のように目を閉じてみたのだけれど、どれだけ待っても夢の中に麗麗は現れなかった。

その後、箱庭をもう一度作り直し始めても、夢に麗麗が現れることは二度となかった。

退院してから先も伯母の態度は何も変わらず、イジメグループは美琴をイジメ続けた。まるで麗麗と出逢う前に時間が戻ってしまったみたいだったけれど、たったひとつだけ以前と変わったことがあった。

夕暮れ時の帰り道、通い慣れた田舎道を歩いていると、道の向こうから喪服姿の女が数人、こちらへ向かって歩いてくる。怪訝《けげん》に思ってすれ違いざまに背後を振り返ると、まっすぐ延びる田舎道に女たちの姿はない。

休日の昼間、公園のベンチで本を読んでいると、見知らぬ老人が美琴の前に突然現れ、嫌らしい笑みを浮かべながらぐいぐい腕を引き始める。

悲鳴をあげて必死で抵抗していると、目の前からいつのまにか老人の姿が消えている。

朝方、自室のベッドで寝ていると、誰かにがばりと上体を抱き起こされて目が覚める。目の前には学校の校務員をしているおばさんがいて、大粒の涙をぼろぼろこぼしながら「さよならねえ！　さよならねえ！」と叫んでいる。

登校するとホームルームで、昨夜遅くおばさんが病気で急逝したことを聞かされる。

こんなことがたびたび起きるようになった。

そしてそれは決して終わることがなかった。

小学校を卒業して中学校に進学しても、伯母や地元から離れたくて家から遠く離れた全寮制の高校に入学しても、高校卒業後に上京して、ささやかな独り暮らしを始めても、それはまったく治まることがなかった。

あの日の麗麗との悲しい別れが、自分の頭に何かの変化を及ぼしてしまったのだろう。

経緯を考えれば、そう解釈するよりなかった。

けれども、この世ならざる異様な存在がたくさん視えるようになってしまってからも、美琴がいちばん会いたいと願う麗麗の姿を視ることは決してない。

異様なものが視えるようになってしまったことなどより、いちばん視たくて会いたい存在が視えなくなってしまったことのほうが、美琴はつらくて堪《たま》らないのだという。

実在しない、死んだ娘たち

「思ったよりも長い話になっちゃいました。すみません……」

軽くため息をつくと、美琴は小さく頭をさげた。

ありのままに受け止めれば、絵空事のような話である。胡乱《うろん》な与太話と言ってもいい。

だが、話を終えた美琴の目には涙が滲《にじ》み、今にもこぼれ落ちそうになっていた。

加えて私自身にも、美琴の話を無下に否定したり、笑うことのできない理由があった。

事の仔細《しさい》や顚末《てんまつ》に違いはあれど、私も過去に似たような経験があるからである。

「何もかもをそのせいにする気はないんですけど、結局わたしは世間にうまく馴染《なじ》めず、気づけばこんな仕事をするようになっていました。もう十年くらいになります」

気の毒に。何もかもがそのせいだろうと思ったが、あえて口にはださなかった。

「当時は麗麗のことも、夢の中の箱庭のことも、魔法か何かだと思っていました。でも、今は理解しています。麗麗は典型的なわたしのタルパですよね？　それも八方塞《はっぽうふさ》がりのどうしようもない状況で、わたし自身の心が無意識に創ってしまったタルパです」

「加奈江と同じタイプのって言いたいんだろう？」

私が答えると、美琴は深くうなずいた。

私にもかつて、麗麗のようなタルパがいた。

他ならぬ、桐島加奈江こそが私自身のタルパである。

私の場合は、中学二年生の時だった。クラスで集団無視の憂き目に晒《さら》され、理不尽な孤独を強いられた時、加奈江は私の夢の中に発現した。

その後の大筋は、美琴の話と大差ない。

日ごと、夢の中に現れる十四歳の桐島加奈江に私は慰められ、そして大いに救われた。あまりに救われすぎて過酷な現実からさらに目を背け、甘い夢に溺《おぼ》れたのも同じである。

けれどもそこから先の流れは違う。まったく違うと言っていい。

「ただ正確に言うんなら、加奈江は普通のタルパじゃない。〝普通じゃなくなった〟と言ったほうが正しいか。俺の本を読んだんなら、分かるだろう？」

「言葉が適切なのかためらいますけど……暴走したタルパ、ということになりますね」

私の顔色を窺《うかが》いながら美琴が答えた。ご名答だったし、的確な表現だとも思う。

加奈江と麗麗における最大の違いは、この一点に尽きる。

加奈江が私の頭に発現して三ヶ月後、加奈江は私がまったく予期せぬ行動に出た。

夢の世界を飛びだし、この現世に姿を現したのである。それも確固たる実像をもって私のみならず、誰の目にもはっきり見える生身の姿となって。

ただこれだけを語るなら、それこそ魔法のように素晴らしい話に思えるかもしれない。けれども甘ったるい夢の世界と違って、この現実はそんなに優しいものではない。

夢の世界を飛びだした加奈江はすっかり正気を失い、完全な化け物と化していた。

意思の疎通は叶《かな》わず、なおも悪いことに魔祓《まばら》いをはじめ、加持祈禱《きとう》の一斉が通じない規格外の存在にもなっていた。以来、私は実に二十年余りにもわたって、折に触れては現れる加奈江の影に怯《おび》え続ける羽目になった。望まない結末だったが、ようやく事態が終息したのは、つい半年ほど前のことである。

「それで、その暴走したタルパについて何が知りたい？　仮にも本に書いている以上の話が聞きたければ、きちんと筋の通った理由がいる。そっちも自分のタルパを失《な》くした経験があるなら、これがそれなりにデリケートな話題だってことぐらいは分かるよな？

こう見えても、こっちは割かしナイーヴな性分なんでね」

ナイーヴは皮肉半分の戯言《ざれごと》だったが、回避したいのは事実である。まだ古傷どころか、治りかけてさえいない傷口を赤の他人のために開いてみせるほど私はバカではない。

「お話しになりづらい話題だということは重々承知しています。だからわたしもお話をお伺いする前に麗麗のことを話したんです。それで公平というつもりはありませんけど、こちらの意を汲《く》んでいただいたうえで、本題を聞いてはいただけませんか？」

美琴の訴えに、私は返答に窮してしまう。美琴から麗麗の話を聞かされていなければ、即座に突っ撥《ば》ねてこのまま店を出ることもできた。けれども印象深い昔語りというのは、時として下手な訴えよりも強い力を持つことがある。美琴の昔話がそのいい実例だった。

少なくとも、私の尻《しり》を見えざる鎖で椅子に縛って離さないだけの力はあった。

すっかり冷めきったコーヒーをひと口だけすすり、続いてこれ以上はないというほど、太くて長いため息を漏らす。それを暗黙の了解とした。

「ありがとうございます。また長い話になってしまうと思うんですけど、ごめんなさい。実は今、わたしはその暴走したタルパに関する仕事を手がけているんです。始まりから順を追って話していきますので、できれば客観的なご意見をお聞かせいただきたいのと、さらにできれば、加奈江さんのお話も聞かせていただきたく思います」

前置きが終わると、美琴はさっそく話を始めた。

片山さんの飲み屋の場合

全ての事の発端は今からふた月ほど前、四月の半ば頃のことである。

美琴は片山《かたやま》さんという中年の男性から、出張相談の依頼を受けた。

片山さんは都心から車で二時間ほど離れた町場の駅前で、小さな飲み屋を営んでいる。

その飲み屋に幽霊が出るようになったのだという。

約束していた平日の昼間、美琴は車で営業前の店へ赴いた。

店では片山さんと、彼と一緒に店を切り盛りしている細君が待っていた。

片山さんの話によると最初は二月の初め頃、まもなく店の営業時間が終わろうとする深夜の零時過ぎのことだったという。

その晩、店には常連客の男性グループが三人と、時折店を訪れる男性客がふたりいた。

店には四人掛けのテーブル席が三セットに、八人掛けの大きなテーブル席が一セット、それからカウンター席が六つある。常連の男性グループは、店内のまんなか辺りにある四人掛けのテーブル席に座り、残りの男性客ふたりはカウンター席に座って呑《の》んでいた。

やがてテーブル席の男性たちからオーダーが入ったので、片山さんが席へ向かうと、彼らから「トイレに入った女は、いつになったら出てくるのか？」と尋ねられた。

「なんのことですか？」と尋ね返すと、三十分ほど前に若い女性が店の中へ入ってきて自分たちのテーブルの前を突っ切り、店のいちばん奥にあるトイレに入ったのだという。

ところがそれからどれほど待てど暮らせど、女はトイレから一向に出てくる気配がない。自分たちもトイレを使いたいので、困っているとのことだった。

店のトイレは男女共用で、おまけに個室がひとつあるだけなので、話が本当だったらそれは確かに困ったことではあった。けれども片山さんは、男性たちが語る女の姿など見ていなかったし、カウンターの中にいた細君もそんな女は見ていないという。

それでも一応トイレに行って、ドアをノックしてみた。

案の定、中から返事は返ってこず、ドアを開けても中には誰もいなかった。

勘違いだったのではないのかと男性客らに笑いかけてみたのだけれど、彼らのほうは絶対に見たと言って譲らなかった。「じゃあ、どんな人だったんですか？」と尋ねると、彼らは口を揃えて、丈の短い紫色のワンピースを着た、茶髪で髪の長い女と答えた。

いやに具体的な恰好《かっこう》だなと思っているところへ、カウンター席で呑んでいた男性客のひとりも「確かにさっき、そういう人が店に入ってきたのを見た」と証言した。

これで女を目撃した人間は合計四人、店内にいた約半数が目撃していることになる。

だったら本当にそういうなりをした女が店に入ってきて、勝手に店のトイレを使って、出て行ったということになる。出て行くところを誰も見ていないというのは妙だったが、そのように考えるのが妥当だろうと、その日はそれで落ち着いた。

けれどもそれから二十日余りが経った二月の下旬頃、再び同じことが起こった。

この時は夜の八時過ぎで、四人掛けのテーブル席に座っていた四人連れの女性客から、「トイレはいつ空くのか」と苦情が入った。

トイレを確認してみても中はもぬけの殻で、女性客らが見たというトイレの使用者が若い女、丈の短い紫色のワンピースに茶髪という容姿も前回とまったく同じだった。

さらにその翌週の三月初旬には、片山さん自身もとうとう噂の女の姿を見かけた。

夜の十時過ぎ、片山さんが店内奥の厨房《ちゅうぼう》で料理を作っていると、誰かが背後をすっと横切っていく気配を感じた。

とっさに振り返ると、丈の短い紫色のワンピースを着た女が、厨房から店内へ通じる出入口に向かって、ふらふらとした足取りで歩いていく後ろ姿が見えた。

すぐさま女を追って厨房を飛びだしてみたのだが、狭い店内のどこを見回してみても女の姿は見当たらなかった。

細君に尋ねてもそんな女は見ていないと言われたが、ひどく気味悪がられてしまった。それについては片山さん自身も同様で、しばらく鳥肌が治まらなくなってしまった。

この日の一件を境に片山さん夫妻は、紫色のワンピースの女が幽霊なのではないかと考えるようになった。

悪いことにふたりの推察はどうやら的中だったらしく、その後も店では、客の口から「女を見た」という話がしばしば聞かれるようになってしまったのだという。

客から女の話が出るのは、大体一週間から十日に一度の割合。

二月にあった初めの二件以来、再びトイレ絡みの目撃談が出てくることはなかったが、代わりに店の入口付近に女が立っているのを見たとか、カウンターの中を横切っていく女を見たという話が聞かれるようになった。

加えて三月の終わり頃には、とうとう片山さんの細君も見てしまった。

開店前の夕方四時近く、厨房の壁際の隅にぽつりと突っ立つ女の姿をはっきりと見た。細君が悲鳴をあげると、女はその場からぱっと姿を消してしまったという。

女房もすっかり怯《おび》えてしまっているし、最近では客の間でも噂が広がり始めてしまい、このままでは店の経営が成り立たなくなってしまうかもしれない。

どうにかしてほしいというのが、片山さんの依頼だった。

話を聞きながら店内の様子に目を光らせていたけれど、美琴がざっと感じる限りでは、店内に不審な気配を認めることはできなかった。地相と家相も鑑定してみたのだけれど、特に目立った問題が出てくることもなかった。

念のため、過去に店の周辺で何がしかの事件や事故があったことがないかと尋ねても、片山さんから返ってきたのは、特に心当たりはないという答えだった。

店の営業時間も多分に関係しているのかもしれないけれど、女が目撃されているのは、全てが夕方頃から深夜にかけてのことだった。こうした幽霊絡みの相談依頼においては、特定の時間だけにしか対象の気配を感じ取れないという実例も、稀《まれ》にではあるがあった。

とりあえず店のお清めと死霊祓《ばら》いをおこなわせてもらい、もしかしたら対症療法的な対応をしながら経過を見ていく必要性があるかもしれないことも、片山さんに説明した。

幸いにも了解が得られたので、この日はそれで仕事を切りあげた。


それから二週間ほど過ぎた四月の終わり頃、片山さんから再び連絡が入った。

話を聞く前から薄々嫌な予感はしていたのだけれど、片山さんから聞かされた話には、美琴が予感すらしていなかったことまでもが含まれていた。

ひとつには美琴が予感していたとおり、片山さんの店で紫色のワンピースを着た女が再び目撃されたという話。これは予感の範疇《はんちゅう》に含まれていたので落胆こそはしたけれど、驚くようなことではなかった。驚いたのは、片山さんがその後に語った話のほうだった。

片山さんの店から二軒隔てて営業している床屋にも、同じ女が現れているのだという。

つい数日前、床屋へ行った細君が、話の弾みで自分の店に現れる女の話をしたところ、店を営む夫婦からも「実はうちでも多分、同じ女が出ている」という告白を聞かされた。

床屋からも代理で出張相談の依頼を言付かったので、こちらもお願いできないかという。

承諾はしたものの、もしかしたら思っていた以上に厄介な仕事になるかもしれないと、この時から美琴は嫌な胸騒ぎを感じ始めるようになった。

篠原さんの床屋の場合

片山さんから再度の連絡を受けた数日後、五月初めの午後一時過ぎ。

美琴は片山さんが営む飲み屋から二軒隔てて経営している、篠原《しのはら》さんの床屋を訪れた。

片山さんの飲み屋と同じく、篠原さんの床屋のほうも、夫婦で細々と仕事をしているこぢんまりとした構えの店だった。いかにも〝町の床屋〟といった風情の店である。

話を聞くと篠原さんの店のほうでも二月の初め頃から、件《くだん》の女が現れていた。

最初の目撃は、店の営業が終わった夜の七時過ぎ。篠原さんの細君が自宅へ先に戻り、篠原さんが独りで店の片づけをしている時のことだった。

床屋は自宅兼店舗になっていて、店の奥側に面したドアがそのまま自宅へ通じている。

黙々と店内の掃き掃除をしていると、ふいにこのドアががちゃりと開く音が聞こえた。

細君が戻ってきたのかと思って首を向けたとたん、篠原さんはぎょっとなる。

丈の短い紫色のワンピースを着た茶髪の女がこちらに背を向け、ドアを開けて自宅へ入っていくところだった。

女はドアを開けっ放しにしたまま、自宅の中へ入っていった。店の中にはこのドアと、入口のガラス扉しか出入口がない。加えてガラス扉には、すでに鍵《かぎ》を掛けていた。

女が篠原さんの目を盗んで店のどこかに隠れていたという非現実的な可能性を除けば、閉店後の店内から女が自宅へ入って行けるはずなど、どう考えてもありえない話だった。そもそも店は十坪ほどの狭い造りで、人が隠れられる場所などどこにもない。

血相を変えて自宅のほうへ駆けこみ、台所で夕飯の支度をしていた細君に事情を話す。細君も血相を変えて、ふたりで女を探して家じゅうを隈《くま》なく調べ回ってみたのだけれど、どこにも女の姿は見つからなかった。

これが篠原さんの床屋における、女の最初の目撃談である。

その後、篠原さんは二度ばかり、客から同じ女を見たとおぼしき話を聞かされている。一度目は篠原さんが女を目撃してから二週間ほど経った、二月半ばのこと。昼間、篠原さんが年配の男性客の散髪をしている最中、客がふいに顔色を蒼《あお》ざめさせ、「今のはなんだ？」と言いだした。

聞けばつい今しがた、バーバーチェアに座る自分と篠原さんのすぐうしろを若い女が横切っていった。彼は自分が座るチェアの真正面の鏡越しにそれを見ていたのだけれど、店にいるのは自分と篠原さんのふたりだけで、他に人はいないはずだった。

誰だろうと気になって隣のチェアの鏡越しに、女が進んでいった店内の様子を見ると、そこには来客用のソファーが無人のままにあるだけで、女の姿はどこにもない。

それで気味が悪くなり、声をあげたとのことだった。女は紫色の服を着ていたという。篠原さんも気味が悪くなって背後を見たが、店にはやはり誰もいなかった。

それからしばらく経った三月の末頃にも、これとまったく同じことを客から言われた。この時は中年の男性客で、店には細君もいた。慄《おのの》きながらも、鏡に映る細君を見間違えたのではないのかと客に確認してみたのだが、この時、細君は隣のチェアで別の客の髪を鋏《はさ》んでいたし、鏡越しに客が見たというのも紫色の服を着た若い女ということだった。

店を開いてすでに二十年以上経つのだけれど、こんなことが起きたのは初めてだった。今のところ特に大きな実害があるわけではないが、それでも決していい気はしなかった。どうしたものかと考えていた矢先、片山さんの細君から話を聞いて、驚いたのだという。

奇《く》しくも女の目撃が始まった時期も、ほとんど同じ頃である。果たしてふたつの店で何が起こっているものなのか？　原因の究明と問題の解消が篠原さんの依頼だった。

土地の所有者がそれぞれ異なる場合でも、たとえば双方の土地が隣接し合っていたり、互いの距離が極めて近しい場合には、ひとまとめに〝土地の因縁〟というケースもある。古戦場や、過去に広範な火災などが発生した土地では、こうした事例もあった。

けれども美琴が感じる印象では、どうやら今回は土地が原因ではなさそうだった。

篠原さんが構える床屋の印象も、先日、片山さんの飲み屋で感じたものと同じである。特に不審な気配は感じられなかったし、地相と家相を鑑定した結果も全然問題なかった。けれども現場で問題が発生している以上、原因が見つからないのでは逆に困ってしまう。予感していたとおり、厄介な案件になりそうだと美琴は思った。

篠原さんの床屋についても、差し当たっては建物のお清めと死霊祓いの対応になった。対症療法的なアプローチが必要になる可能性も伝えて、これも承諾してもらったけれど、美琴としてはあまり好ましい流れではなかった。

夕方近くに床屋を辞して、今度は片山さんの飲み屋へ向かう。

こちらは四日ほど前の夜十一時頃、店にいた客が数人、再び女を目撃したのだという。店内の奥側にある四人掛けのテーブルにひとりで座っている女を見かけたのだけれど、女は席に座ったまま、客が見ている前ですっと姿を消してしまったという。

女が座っていたというテーブル席へ行ってみたが、やはり怪しい気配は感じとれない。改めて死霊祓いをしようかと考えたけれど、この日は供養の経をあげることにした。

加えて片山さんに魔祓いの御札を提供し、店内に貼ってもらうことにもした。御札を貼ると、どうしても御札自体が重々しい雰囲気を醸してしまう。だから普段はなるべく避けるようにしている。でも今回に関しては、四の五の言っていられなかった。

とりあえずこれでまた様子を見てくださいと頭をさげて、美琴は飲み屋をあとにした。

駐車場へ向かって歩きながら、飲み屋と床屋の間に建っている建物へ目を向けてみる。

飲み屋の正面から見て右隣には、木造二階建ての古びた食堂がある。

さらにその右隣には、くすんだ灰色の外壁をした平屋造りの空き店舗。

その右隣が、篠原さんの床屋という立地である。

空き店舗は以前、薬局だったという話だけれど、二十年近く前に閉店しているという。

もしかしたらこの空き店舗に何か、問題の原因になるものがあるのではないか？

思いながら建物に向かって、視線を凝らしている時だった。

歩道の向こうからこちらへ向かって歩いてくる人影が、視界の片端にちらりと見えた。

何気なく目を向けたとたん、はっとなって凍りつく。

丈の短い紫色のワンピースを着た女が、ふらふらとした足取りで道の上を歩いていた。

服は長袖《ながそで》で、袖口と裾《すそ》の部分には、さらに濃い紫をした薔薇《ばら》の刺繡《ししゅう》があしらわれている。

髪はロングのストレートで茶髪。歳はおそらく二十代の前半くらい。

飲み屋と床屋で目撃されている件の女と、容姿が全て一致していた。

女は生白い細面をした、とても綺麗《きれい》な顔立ちをしていた。

けれども面差しは悲しげで、眉間《みけん》に軽く皺《しわ》を寄せ、小さな唇をきゅっと結び、今にも泣きだしそうな色を浮かべている。

女は美琴をちらりと一瞥《いちべつ》すると、食堂の引き戸を開けて店の中へと入っていった。

どうしようかと寸秒ためらうも、事態を進展させるには動くしかないと判じた。

意を決すると、美琴は開けっ放しになった食堂の引き戸に向かって進んでいった。

三神さんの食堂の場合

中へ入ると休憩時間のためか、店内は無人のうえに明かりが消えていて薄暗かった。四人掛けのテーブル席が三つと、カウンター席が五つほどある、いかにも昔ながらの食堂といった趣きの店だった。かなり古い店なのだと思う。

緊張しながら視線を巡らせてみたけれど、店の中に女の姿は見当たらなかった。狼狽《ろうばい》しているところへ、店の奥にある暖簾《のれん》の向こうから、割烹《かっぽう》着姿の女性が出てきた。五十代後半ぐらいとおぼしき、どことなくくたびれた雰囲気の女性だった。

「すみません。まだ開店前でしょうか？」

その場を取り繕って女性に尋ねると、「開店前ですけど、大丈夫ですよ」と返された。仕方なくテーブル席のひとつに着いて、食事を注文することにする。

注文が終わると、カウンターの奥から女性と同じ五十代後半ぐらいの男性が顔をだし、「いらっしゃい」と頭をさげた。こちらもやはり、少々くたびれた雰囲気の男性だった。

美琴がテーブルに着いてまもなく、店内に明かりがついたのだが、明かりがついても店の中はまだ薄暗く感じられ、肌身にはねっとりとした湿り気も感じた。

片山さんの飲み屋、篠原さんの床屋とは明らかに異質で、なおかつ不穏な印象である。

料理が来るのを待つとはなしに待ちながら、先ほど見かけた女の姿を思いだす。

小学時代に麗麗の一件があって以来、美琴が視えるようになった不可視の存在たちは、像を結んではっきり視えることのほうが多かった。だが、どれだけはっきり視えようと、それらは一目した時の雰囲気や佇《たたず》まいで、この世の者ではないと認識することができる。ところが先刻見かけた女は違った。

飲み屋と床屋で事前に話を聞いていなければ、絶対に生身の人だと思っていただろう。それほどまでに生々しい仔細《しさい》を帯びて、女は美琴の前に現れていた。

そこで美琴はこんなことを考えてみた。

件《くだん》の女は、実在する生身の人間なのではないかと。

飲み屋のケースにしても床屋のケースにしても、女が不自然に姿を消しているという事実があるため、それらについては生身の存在ではないだろうと思う。ならばどういう解釈ができるのかといえば、生き霊である。

紫色のワンピースを着た女は、この店になんらかの関わりを持っている生身の人間で(家族でも従業員でもなんでもいい)、さらに加えて、やはりなんらかの理由があって(意図的であっても、無意識であっても、それはどちらでもいいのだけれど)、隣近所の飲み屋と床屋へたびたび生き霊となって現れている。

美琴がこれまで経験してきた限り、生き霊という存在は限りなく生身の存在に近いか、生身の人間としか思えない確固たる実像を結んで現れるケースが圧倒的に多かった。

飲み屋でトイレが空くのを待っていた酔客たちが、辛抱強く待ち続けていられたのは、女の見た目が生身の人間そのもので、不審な印象を抱かなかったからこそである。

あくまで即興で描いた憶説に過ぎなかったけれど、筋は一応通っているように思えた。なんとなく腑《ふ》に落ちたような感触を覚えて満足しかけたものの、そこへとんでもない矛盾があることに気づいてしまい、美琴はたちまち頭を抱えることになる。

仮に女が生身の存在だとしたら、隣近所で暮らす片山さんと篠原さんが、女の素性を知らないわけがない。片山さんも篠原さんも、女を単なる〝幽霊〟として認識していた。特定の個人として認識しているという話は一切聞かされていない。

隣近所とはいえ、何か特別な事情があって女とまったく面識がなかったり、あるいは存在そのものを知らなかったりということも、道理としてはありえなくはない話である。ただそれは言葉のとおり、可能性としては限りなくありえないと考えるのが妥当だった。己の薄っぺらな考察に落胆して、美琴は深々とため息を漏らした。

そこへ女性が料理を運んできた。

霊能師という甚だ特殊で、おまけに世間からは何かと警戒されがちな生業《なりわい》を営む手前、美琴は何事に関しても分別をわきまえ、なるべく人から怪しまれないよう心掛けている。普段であればそうなのだが、この時は少しだけ、自暴自棄になっていたのかもしれない。

「もしかしたらこちらに、若い娘さんか、従業員の女性はいらっしゃいませんか？」

テーブルに料理を置いた女性に向かって、それとはなしに女のことを尋ねてしまった。

さすがに飲み屋と床屋の件を話すわけにはいかないので、適当に話を取り繕ってみる。

ほんのつい先ほどのこと、店の中に入っていく若い娘さんの姿を見かけたのだけれど、紫色のワンピースが似合うとても綺麗な娘さんだったので、こちらの方かと思いまして。

幽霊絡みの不穏な事実は全て伏せ、先刻起こった出来事だけを説明した。

勢いに任せ語ったものの、語りながら内心では、バカなことをしていると思っていた。この女性が女のことを知らなければ、単に彼女を嫌な気持ちにさせてしまうだけである。すでに手遅れだったけれど、浅はかだったと後悔もしていた。

ところが女性から返ってきた反応は、美琴がまったく予想していないものだった。

「紫色のワンピースって……本当にそんな人、見たんですか？」

みるみるうちに女性の笑みが引きつって、縋《すが》りつくような目で美琴の顔を見始める。

カウンターのほうをちらりと見やると、男性のほうもこちらをじっと見つめている。

ふたりの反応に気圧《けお》されながらも美琴が「はい」と答えると、ふたりは顔を見合わせ、「どうしようか」というような目配せをし合った。

こちらも「どうしようか」という気持ちになって、ふたりを見ながら大いに逡巡《しゅんじゅん》する。

ふたりが紫色の服を着た女に関して何かを知っているのは、ほぼ確定だろうと判じた。しかも反応から察するに、彼らが知っているのは決して明るい情報ではなさそうだった。

こちらの素性を明かせば、あるいはお互いに話がしやすい流れになるのかもしれない。ただ、藪《やぶ》から棒に自分の素性を明かすのは、霊感商法のように感じられて気が引けた。

とりあえず自分の素性を伏せながら、聞ける限りの話を聞いてみようと考える。

幸いにも、美琴がさらに水を向けてみると、ふたりは大してためらうそぶりも見せず、重々しくではあるが、美琴に話を聞かせてくれた。

食堂を営むこの夫婦は、名を三神《みかみ》さんといった。

やはり、今年の二月初め頃からだという。

この店でも紫色のワンピースを着た女が、たびたび目撃されるようになっていた。

篠原さんの床屋と同じく、三神さんの食堂も自宅兼店舗になっている。一階が食堂と厨房《ちゅうぼう》、二階が住居という構造で、二階の住居へは厨房の中にある階段から行き来する。

戸外に寒風が吹き荒《すさ》ぶ深夜二時過ぎ、二階の寝室で眠っていた夫のほうの三神さんが布団を抜けだし、同じく二階の階段の脇にあるトイレに立った時のことだった。

用を足し終え、トイレを出ると、下の厨房から階段を上ってくる足音が聞こえてきた。

視線を向けると、紫色のワンピースを着た若い女が、悲しげな表情でこちらを見ながら薄暗い階段をみしみし上ってくるところだった。

悲鳴をあげて飛びあがると、女の姿が階段から消えていた。寝室で眠っている細君を叩《たた》き起こし、ふたりで下を探し回ったが、女はとうとう見つからなかった。

それから四日ほど経った夜の八時過ぎには、今度は細君のほうが女を目撃している。

店から客が引けてきたのを見計らい、厨房のシンクで溜《た》まった食器を洗っていると、隣にふっと人影が差した。振り向くと目と鼻の先に、茶色い髪をした女の顔があった。

細君も悲鳴をあげて飛びあがると、次の瞬間には女は姿を消していたという。

そこから先は、片山さんの飲み屋のケースとよく似た現象も起こっている。

長年、店に通っている常連客の何人かから、店の中で女を見たという話を聞かされた。

女が店の入口から店内を突っ切って、厨房の中へ消えていったという話も聞かされたし、隣のテーブルにいたはずの女が、少し目を離した隙に消えていたという話も聞かされた。

あくまで気安い常連の口からのみ知らされた話なので、実際に女を目撃している客はもっといるのかもしれないと、三神さんは語った。

それについては美琴も同感だった。この推察は飲み屋と床屋のケースにも当て嵌《は》まる。

女の目撃談は、あくまでも客から報告を受けた分だけ把握しているに過ぎないのである。

全ての客から確認をとっているわけではない。

目の前で姿を消したりしなければ、どう見たって生身のようにしか見えない女なのだ。

仮に客が女を目撃しても、異常なことが起こらなければ特に意識することもないだろう。

そう考えると、女を目撃した者はもっとずっといそうな気がしてならなくなった。

残念なことに三神さん夫妻も、件の女の素性に関しては特に何も知らないのだという。

つい二日ほど前にも、仕事中に厨房を無言で突っ切っていく女をふたりで見たばかりで、どうしたものかと不安を抱えているという。

そこへ美琴がふいに女の話をしたものだから、揃って驚いたというだけのことだった。

結局、同じ事例が三つに増えてしまっただけかと、美琴は肩を落としてしまう。

けれども三神さんの食堂には、飲み屋と床屋にはない決定的な違いがあった。

店内にありありと漂う、異様な空気がそれである。

三つの店で発生している怪異は同じでも、その怪異の原因と発生源になっているのは、この店なのではないかと美琴は思った。生き霊説を思いついた時のような理屈ではなく、今度は直感でそう思った。

だから普段であれば絶対にやらないことを、美琴はあえておこなうことにした。

「実はわたし、こういう方面の仕事をしている者なんです」

素性を明かしたうえで、よければ何かお手伝いできることはありませんかと申し出た。

ふたりは驚いた様子だったが、本当に藁《わら》にも縋る想いだったらしく、美琴の申し出を快諾してくれた。飲み屋と床屋の件も話すべきか少し悩んだけれど、守秘義務もあるし、今後の流れと先方からの許可を得るまでは、とりあえず黙っておくことにした。

店が夜間の開店前だということも幸いして、ふたりはすぐに店の中を案内してくれた。

ふたりに先導されて、客席があるフロアから厨房へ通される。

厨房へ一歩足を踏み入れたとたん、空気がずんと重たくなるのが分かった。厨房にも電気はついていたけれど、視界がぼやけるほどに薄暗く感じられる。

やはりここには、絶対何かがある。

美琴は確信する。勝手に高鳴る動悸《どうき》と背筋に生じ始めた粟《あわ》が、それを裏付けてもいた。

厨房の端々に視線を巡らせ、これはと思う〝何か〟を探し始める。

それはすぐに見つかった。

厨房の奥へと目を向けると、紫色のワンピースを着た、あの女が立っているのが見えた。女はこちらに背を向けながら、肩越しに力なく振り返り、もの悲しげな表情を浮かべて美琴の顔を見つめていた。

一瞬の出来事で、美琴がはっとした時には、女は目の前から姿を消していた。傍らに立つ三神さんたちの様子をちらりと窺《うかが》ってみたけれど、どうやらふたりが気がつく前に、女は消えてしまったようだった。

女が消えたすぐ先には、長方形に切り取られた薄闇が大きな口を開けて広がっていた。そばまで近づいてみると、地下へと続く階段がある。

階段の下には一畳ほどの狭い床と、両側の壁際に積まれた段ボール箱。

突き当りには古びた木製のドアが、薄闇の中にぼんやりと霞《かす》んで見えた。

「あれは地下室ですか？　何に使っている部屋でしょう？」

「息子の部屋です。恥ずかしい話なんですが、もう何年も閉じ籠《こ》もったきりで……」

貯蔵庫か何かだと思って尋ねた美琴の質問に、三神さんは意想外の答えを返してきた。

三神俊平

今年で二十八歳になるひとり息子で、名を俊平《しゅんぺい》という。

大学を卒業後、都心に近いIT企業に就職したけれど、対人関係のトラブルを理由に半年足らずで退社。それからまもなく、当時は二階の一室にあてがわれていた自室からこの地下室へと移り、すでに六年近くも引き籠もりが続いている状態なのだという。

「部屋から出てくるのはトイレの時と、夜中に風呂《ふろ》に入る時だけで、食事は部屋の前に持っていったものを中で食べています。息子がインターネットで買った物を部屋の前に届けたりもしますけど、その時にも顔を合わせることは滅多にありません」

くたびれた面持ちで小さくため息をこぼしながら、三神さんの細君が言った。

幼い頃から人付き合いが苦手で、学生時代はイジメられたりしたこともあったという。その反動からか、長じてからの親に対する態度は荒く、何かと横柄に振る舞ってもきた。会社を辞める時も両親の説得には応じず、ふたりに手をあげかねないような激昂《げっこう》ぶりで強引に退職し、元々は貯蔵庫だった地下室を勝手に占領して、今現在に至るのだという。

「何度も『仕事に就け』って言ってはいるんですが、聞く耳を持っちゃくれません」

階段の前で腕組みをしながら、吐き捨てるように三神さんが言った。

「こっちも痺《しび》れを切らしてしまいましてね、少し前に、かなりこてんぱんに叱りつけて部屋から出てくるようにがんばったんですがね。結局どうにもなりませんでした」

「それって、いつ頃のことでしょうか？」

美琴が尋ねると、三神さんは「確か、二月の頭ぐらいだったと思う」と答えた。

ああ、つながるなと思った。何がどうつながるのかまではまだ分からなかったけれど、少なからず事態が進展しそうだとは思った。好転するのかどうかは、また別として。

「おい！　さっきからごちゃごちゃうるせえんだけど、なんなんだよッ！」

そこへ地下のほうから、叫び声が聞こえてきた。ドアを隔てて発せられた叫びは幾分くぐもって聞こえたが、苛立《いらだ》ちを孕《はら》んだ声だということははっきりしていた。

「てめえこそうるせえ！　今は大事な話をしてんだよ！　この穀潰《ごくつぶ》しのクズ野郎が！」

「大事な話ってなんなんだよ？　俺の悪口がそんなに大事な話かよ！」

三神さんと俊平の怒声にいくらか竦《すく》み、美琴はその場を少し後じさる。

自室の外で己のよからぬ話が聞こえてくれれば、誰だっていい気分にはならないだろう。さらにはいくら引き籠もりの身で困っているとはいえ、俊平に対する三神さんの言動も、美琴はあまり好ましいものとは感じられなかった。

「すみません、決して悪気はなかったんです！　でも、お気を悪くされましたよね？　本当に申しわけありません！」

なんだかいたたまれなくなり、地下へと向かって謝罪の言葉を投げかける。

「……あんた、誰？　カウンセラーかなんかなの？」

「いいえ。まあ、似たような仕事をすることもありますけど、基本的には違います」

警戒はしているようだったけれど、俊平の声音がほんの少しだけ穏やかになったのを、美琴は聞き逃さなかった。あまり気は進まなかったけれど、チャンスだと判じる。

「でも、お話をしたりする仕事ではあります。あの、もしもよろしければなんですけど、少しだけお話をさせてはいただけませんか？」

美琴の問いに数秒の沈黙があり、それから「はあ」という声が聞こえてきた。

三神さんと細君が困惑したような色を浮かべたけれど、美琴は「少しだけ」と断って薄暗い階段をおり始めた。年季が入って古びたドアを見つめながら階段をおりていると、小学時代に過ごした屋敷の地下室のことを思いだし、胸が少し苦しくなった。

「小橋美琴と申します。実は……霊能師という仕事をしています」

壁の両脇に積まれた段ボール箱に往生しながら、ドアを隔てて自己紹介をする。

「霊能師って、宗教の勧誘かなんか？」と俊平が尋ねてきたので、「違います」と答え、かいつまんで仕事の内容などを説明する。

「ふうん。お化けとか、視える人なんだ？」

「まあ、〝視えてしまう〟と言ったほうが正しいのかもしれませんけど、そうですね」

決して自信があったわけではなく、さらに警戒されることも覚悟していたのだけれど、美琴の予想に反して、俊平の声音はまた少しだけ穏やかなものになった。

先刻の三神さんの話によれば、このふた月余り、この店で起きている怪異については一切俊平に知らせていないし、尋ねたこともないのだという。

代わりにこれまでの経緯を話してみると、とたんに俊平はひどく動揺した声音になり、美琴が大半を話し終える頃には、ほとんど口を開かなくなってしまった。

「それで、ごめんなさい。決して脅かしたりするつもりはないんですけど、実はさっき、このお店の前と、それからこの階段のすぐ上で、わたしもその女の人を見かけたんです。もしも何かご存知でしたら、お話を聞かせてもらえないかと思いまして……」

話を結んで質問を投げかけると、ドアの向こうで長い沈黙があった。俊平から答えが返ってきたのは、一分近く経ってからのことだった。

「……その女なんだけど、俺も見てるというか、知ってます。話をしてもいいんだけど、今日じゃなくてもいいですか？」

ぼそぼそと落ちつかなそうな声で、俊平は言った。

とたんに、ドアの向こうの空気が明らかに変わるのを感じた。

ドアに遮られて向こうは何も見えないというのに、部屋じゅうの空気が膨れあがって今にも爆発するのではないかと思うほど、ぐんぐん張り詰めていくのが分かる。

このドアの向こうで今一体、何が起きているのだろう。

俊平自身はそれを認識しているのだろうかと思い、心配になった。

俊平は件《くだん》の女のことを知っているとも言っているし、ここにはやはり何かがある——。

俊平に一旦《いったん》断り、上にあがって三神さん夫妻に事の次第を説明する。

話を聞いたふたりは、寝耳に水といった様子だったけれど、美琴の再訪問については

ふたつ返事で承諾してくれた。問題が解決するなら、ぜひお願いしたいという。

再び地下へおりて俊平に報告すると、俊平は安堵《あんど》した様子で「ありがとう」と答えた。

ドアの向こうに感じる異様な空気はそのままで、じりじりさせられてはいたのだけれど、

約束の日程を打ち合わせ、その日はそれで終わりになった。

それから六日ほど経った、五月の上旬。美琴は都心から車で、再び俊平の許《もと》を訪ねた。

午後の三時過ぎ、食堂の昼の営業時間が終わるのを見計らっての訪問だった。

三神さん夫妻と挨拶《あいさつ》を交わし、厨房《ちゅうぼう》に入って地下へ続く階段をおりると、ドアの前に

スチール製の折り畳み椅子が置かれていた。天井には明かりもついている。

ただ、ドアの向こうから発せられる異様な空気は、この前とさほど変わってはいない。

視線を凝らして身構えそうになるが、まずは話を聞かなければと気を取り直す。

ドアに向かって「こんにちは」と声をかけると、向こう側から「座ってください」と

俊平の声がした。お礼を言いながら、用意してもらった椅子へ腰かける。

「こんな話……信じてもらえるかどうか分からないんですけど、うちの親と小橋さんが

見たっていう女は多分、俺の頭の中にいる女の子なんだと思います……」

どういうことかと尋ねると、俊平はわずかに口籠《くちご》もったあと、事の仔細《しさい》を語りだした。

昨年の秋頃だったという。俊平はこんな地下室に引き籠もり、世間と向き合うことのできなくなった自分自身に、ほとほと絶望した時期があった。

来る日も来る日も悩んで苦しみ、誰かに自分の話を聞いてもらいたかったのだけれど、両親とはまともに話ができない状態にあったし、悩みを聞いてくれる友達もいなかった。

だからといって腹を括《くく》り、部屋から世間へ出ていくような勇気も湧き立たない。

そんな救いようのない毎日を送り始めてしばらく経った頃、俊平は極度の寂しさから頭の中に空想の恋人を思い浮かべて、しきりに語りかけるようになった。

「恥ずかしい話だけど、それが紫色のワンピースに、長い茶髪の女の子なんです」

初めのうちは一人芝居のごとく、頭の中で自分の悩みを語り、彼女からの受け答えも自分で考えながらやっていた。けれども毎日同じことを繰り返しおこなっているうちに、しだいにこちらで答えを考えなくとも、彼女のほうが自発的に答えるようになってきた。

「頭の中にもうひとり、別の生命が生まれたみたいな感じでした。目をつぶって彼女の名前を思うだけで、頭の中にその娘が出てきて、慰めたり励ましたりしてくれました」

それで少なくとも、俊平の乱れた心だけは落ち着いた。

「今の境遇をどうにかしなければ」という、そもそもの命題が解決することは結局なく、その後もずるずると胡乱《うろん》な引き籠もり生活を続けることになってはしまったのだけれど、空想上の彼女のおかげで気持ちだけは落ち着いたのだという。

以来、自分と彼女の間には、良好な関係が築けていたはずだったのにと俊平は語る。

なるほど。タルパか。まだまだ不明な点も残っていたものの、それでも今回の案件に一本、太い芯《しん》が通ったようには感じられた。

「それがどうして、こんなふうになってしまっているんでしょうか？」

美琴は尋ねたけれど、俊平は「分かりません」と答えた。

ただ、思い当たる節はあるという。

「少し前から頭の中で彼女を呼んでも、うまく出てきてくれなくなってしまったんです。出てきてくれても、前みたいにちゃんと動いてくれなくなってしまいました」

「それはいつ頃ですか？」と尋ねると、俊平は「確か、二月ぐらいですかね」と答えた。

少しためらいはしたけれど、「もしかして、お父さんに怒られたあとからですか？」と尋ねると、「そういえば、確かにそうかも」と答えが返ってきた。

俊平の話を聞いているうちに、美琴は嫌でも麗麗のことを思いだしてしまった。

互いの年代や細かい境遇、事の発端に違いはあっても、小学時代の美琴と今の俊平を取り巻く状況に大きな違いはないと思った。

先日、三神さんが俊平に発した罵倒《ばとう》もひどいものだったけれど、夫妻の話を聞く限り、自分たちが息子のことで、いかに苦労をしてきているのかという話が出てくるばかりで、当の俊平を心配するような言葉は、ひとつも聞こえてこなかったように思う。

誰も救ってくれず寄り添ってくれさえもしないから、こんなことになってしまうのだ。

イジメに遭った経験もあると聞いているし、心に傷を抱えているのだろうと思う。

もちろん、俊平自身にもまったく非がないわけではない。

つらい現実に直面して逃げだしたにしても、およそ六年という歳月は少し長いと思う。自分がどうすべきなのかを考える時間はたっぷりあったはずだし、同じ逃げるにしても、もっと別の手段はたくさんあったはずなのにと思う。

逃げること自体は決して悪いことではない。主義として、美琴自身はそう考えている。けれども逃げ方を間違えてしまうと、自分をさらに苦しめ、傷つけてしまうこともある。美琴はそれも知っている。

デリケートな問題なので、素人判断で迂闊《うかつ》なことをいうべきではないのかもしれない。けれども、それでもやはり、俊平は逃げ方を間違えていると思った。

翻って、俊平のタルパである〝紫色のワンピースを着た茶髪の女〟がこの食堂を始め、飲み屋と床屋で目撃されるようになった理由は、容易に察しがついた。

俊平が心のバランスを崩したことで、制御できなくなってしまったのだろう。

自分自身の経験も含め、過去にも何件か、タルパに関する案件に携わったことがある。たとえば美琴の麗麗のように、個人が無意識のうちに創りあげてしまうタルパと違い、個人が任意で創造するタルパはその完成がまずもって難しく、たとえ完成したとしても今度は存在の維持と制御が困難で、加えてひどく脆《もろ》いという性質があるらしい。

実際にタルパを創ったという依頼主の誰しもが、口を揃えてそう語っていた。

創造主の心が少しバランスを崩しただけでも、再起不能になる場合があるのだという。

今回の俊平のケースに関しても、まったく同じことが当て嵌《は》まるといえる。

言葉は不適切かもしれないけれど、タルパの暴走というか、一種の機能障害である。

タルパが生身の姿となって第三者の目にも見えるほどの案件は非常に珍しく、美琴も過去に数件しか携わったことがない。タルパに関する相談の大半は、創造主の心の中で異常を来たしたり、あるいは不要になったタルパをどうにかしてほしいというもので、あくまで一個人が抱える悩み。多数の他人を巻きこむような案件は極めて稀《まれ》だった。

けれどもゼロではなかったし、ゼロでないものは無限の可能性を秘めている。

美琴も過去の事例において、実際に他人が創ったタルパを何人か目にしてきていたし、生身の人と変わらぬように触れ合ったりしたこともある。

初めに紫色のワンピースの女を生き霊と考えたのは、軽率な誤信だったといえる。

道理はよく分からないのだけれど生き霊と同じで、現実に顕現したタルパも生々しい実像を帯びて人前に現れる。美琴が過去に見てきたタルパたちも全てそうだった。

ただ、その実例が極端に少ないので、可能性のひとつとして浮かばなかったのである。

心のバランス――。

あまりにもありふれたフレーズなので、人は何気なく受け止めてしまいがちだけれど、実際は大きな意味を持つフレーズだし、軽視できない問題でもあると美琴は考えている。

人というのは心の生き物で、ストレスを感じただけで胃に穴が開くような生き物なのだ。

心が人に与える影響は想像している以上に大きいし、密接な関係も持っている。

だからとても大事な問題なのである。それは、俊平に関しても同様だった。

「俊平さん。あまり深く考えず、素直に思うままの答えでいいんですけど、ふたつだけ簡単な質問に答えていただけますか？」

美琴が問うと、ドアの向こうで俊平は「はい」と答えた。

「紫色のワンピースを着たその彼女と、また元通りになりたいですか？」

俊平は「はい」と答えた。

「今すぐにではないにしても、いつかはこの部屋から出たいと思っていますか？」

ほんの少しだけ間が空いたけれど、これにも俊平は「はい」と答えた。

「分かりました。絶対という約束はできませんけど、解決の手助けはできると思います。もしもわたしでよかったら、お手伝いをさせていただけませんか？」

「いいんですか？　俺、自信なんか全然ないですけど……」

「自信なんか、わたしもありませんよ。だから気負わないで大丈夫です」

「そうですか……。じゃあ、お願いします。俺もなんとかがんばってみますんで……」

「よかったです。それからごめんなさい。もうひとつだけ質問してもいいですか？」

「なんですか？」

「その彼女の名前、教えていただきたいんです。もしかしたら、またお会いする機会があるかもしれませんから」

美琴が尋ねると、俊平はさらに少し間を置き、それから恥ずかしそうに答えた。

「月川涙《つきかわるい》っていいます。月の川を流れる涙っていう感じで、そういう名前にしました。

……ヘンですかね？」

「いいえ。涙さんですか。綺麗《きれい》な名前ですね。この前お見かけした時も、美人さんだと
思いました。教えてくれてありがとうございます」

俊平に礼を言ったあと、どうしようか少し悩んだけれど、今後の俊平との取り組みを
考えると、やはり話しておいたほうがいいだろうと思った。

「少し長い話になるんですけど、実はわたしにも昔、涙さんみたいな友達がいたんです。

よかったら聞いてもらえますか？」

麗麗の話を語り始めると、俊平は古びたドアの向こうから、しきりに相槌《あいづち》を打ったり、
時には感嘆の息を漏らしたりしながら、それは熱心に耳を傾けてくれた。

共感もしてくれたし、同情もしてくれた。自分もがんばるとも言ってくれた。

それを聞いて、美琴はとても安心した。うまくいくのではないかという実感も覚えた。

けれども今日のところは、ここまでにしようと判じた。急《せ》いては事を仕損じる。

三神さん夫妻にも許可をもらい、美琴は近日中に再び俊平と面会する約束を交わした。

月川涙

五月下旬の夕方。俊平と扉を隔てた三回目の面会を終えた、その帰り足。

美琴は、片山さんの飲み屋と篠原さんの床屋を再び訪れ、事情の一部を伏せた状態で現在の状況を説明した。

開示した情報は、三神さんの店でも同じ女が目撃されているということ。

秘匿した情報は、その原因がどうやら三神俊平にあるらしいということ。

いずれも三神さん夫妻から許可を得たうえでの開示だったけれど、ふたりには情報を開示する相手の詳細は明かさず、「今後の経過を確認するうえで必要な関係者」とだけ伝えた。決してフェアな伝え方ではなかったけれど、俊平のプライバシーを守るためと、事の全容を知った片山さんと篠原さんから、三神さん一家が非難を受けかねないという最悪の事態を回避すべく、熟慮したうえでの判断だった。

一方、片山さんと篠原さんのほうには、三神さんに直接、今回の件を尋ねないようにお願いした。可能性は低いとはいえ、三神さんの口から俊平に関する話題が出ないとも限らない。俊平の負担になるような流れになることだけは絶対に回避しておきたかった。こちらも熟慮したうえでの判断である。

片山さんと篠原さんに以上の情報開示とお願いが済んだことで、美琴自身は隣近所の二店に怪しまれることなく、三神さんの食堂へ堂々と通うことができるようになった。加えて、三神家に訪問しながら片山さんと篠原さんにも、経過を尋ねることができる。ふたつの店で月川涙が目撃される頻度の増減や変化など、こちらも定期的に確認しつつ、美琴は慎重に事を進めていきたかった。

ちなみに五月下旬の現時点における月川涙の目撃例は、二店ともに変化なしで継続中。片山さんの店では、およそ一週間から十日に一度の割合、篠原さんの店では二週間からひと月に一度の割合で、相変わらず月川涙は出没していた。

片山さんの店では五月の中頃と四日前の二回、篠原さんの店では五月の二週目に一回、どちらも現れ方に大きな変化はなく、出現したという以上の実害も発生していない。

本件の解決がいつ頃になるのかまったく見通しが立たないため、三神さんの店を含む三店からの相談料金は、全て解決後の成功報酬ということで折り合いをつけた。

毎回の交通費も含め、美琴にとっては完全に赤字だったけれど、仕事はできうる限り、誠実におこないたかった。

さらには子供時代の悲惨な境遇から、美琴は人から嫌われたり、憎まれたりするのが極度に苦手な質《たち》だった。万が一、依頼を解決することができず、三つの店の依頼主から詐欺師呼ばわりされて非難を浴びたりすることだけは、絶対に避けたかったというのも成功報酬を提案した理由でもあった。

三度の面会を重ね、俊平との関係はさらに良好なものになっていた。

　麗麗の話を打ち明け、俊平が予想以上に共感してくれたことが大いに功を奏していた。あまり気負わず、涙に関する話題をだしやすくなり、俊平も大抵の質問に答えてくれた。涙の性格や癖、好きな物に苦手な物、俊平と涙の間でこれまで交わされた会話の内容や、ささやかなエピソード、俊平が抱く涙に対する気持ちと、涙が俊平に抱いている気持ち。多くのことを知ることができた。

　ふたりは空想上の恋人関係にあり、俊平のほうが年上で、涙のほうは二十三歳である。年上ということで、普段は俊平のほうが涙をリードしているけれど、逆に俊平自身がつらい時には涙に慰められたり、励まされたりすることも多い。

　特に涙を創造した当初はこうした機会が多く、涙にはずいぶん助けられたという。

　涙の性格は、少し引っ込み思案なところはあるものの、基本的には明るく素直な気質。好きな色は、衣装のそれが示すとおり紫色。好物はマスカットや林檎《りんご》などのフルーツ類。苦手な物は辛い料理とクモ、それからネズミ。

　前回の面談で聞いたとおり、昨年の秋頃に涙を創造し、頭の中で交流を始めた当初は、非常に良好な関係が築きあげられていた。

　けれども二月の初頭に父親から激しく叱責《しっせき》を受けて以降、涙のことを思い浮かべてもうまく像を結んでくれなくなり、仮に像を結べたとしても以前のようには動いてくれず、無言のまま消えてしまうようになった。

特にここひと月ほどは、ますますそうした傾向が加速して、今ではほとんど涙の姿を見ることができなくなってしまったという。

「どうしたら涙は戻ってきてくれますかね？」という俊平の質問に、美琴は俊平自身が心を立て直すことが、まず大事ですと答えた。

麗麗のように、涙は消滅したわけではない。俊平の頭から離れてしまい、外の世界へ飛びだしてしまっているだけである。俊平が心の調子を取り戻し、できれば俊平自身も外の世界へ飛びだすことができれば、涙は俊平の許《もと》へ帰ってくるのではないかと思った。

父親に叱責を受けたことが発端で始まったと推定されるこの不思議な乖離《かいり》を、美琴は俊平自身による、無意識の願望の表れなのではないかと密《ひそ》かに考えていた。

前回の面会で本人が答えたとおり、本当は俊平自身もこの薄暗い地下室を飛びだして、外の世界へ戻りたいと考えているに違いない。基本的にタルパというものは、創造主の願望を頭の中で叶《かな》えてくれる存在である。けれどもそれは、表面上の願望だけではない。時には創造主が無意識に抱える願望にまで、過敏に反応してしまう場合もある。

涙が俊平の頭を飛びだしたのは、俊平自身が持つ無意識の願望の表れであると同時に、涙自身の独立した願いでもある。だからこの地下室から俊平を連れだすことができれば、おそらくきっと、全ては丸く収まってくれる。

余計なプレッシャーをかけて負担にならぬよう、あえて俊平には言わなかったけれど、美琴はそのように確信して俊平の許へ通い続けていた。

ただそうした一方、腑《ふ》に落ちない点もあった。

俊平の部屋の向こうから感じる、異様な空気である。

これも俊平には黙っていたけれど、三回目の面会を経てもなお、まるで部屋じゅうの空気が膨れあがって今にも爆発するのではないかと思う、あの張り詰めた異様な感じはなおも変わらず受け続けていた。

というよりむしろ、最初の頃より強くなってきているのではないかとさえ感じる。

ドアの向こうに俊平以外の〝何か〟がいるのではないかと、美琴はずっと考えていた。初めはそれが涙なのではないかと思っていたけれど、涙は今現在、俊平の頭から離れておそらく外の世界をうろついている。だから少なくとも、彼女でないことは明白だった。

それでは一体、何がいるというのだろう？

部屋の中で何か異様な気配を感じたりすることはありませんかと、俊平にそれとなく尋ねてみたこともある。けれども俊平の回答は、「特に何も感じたことはない」だった。単なる自分の思いこみであるなら、別に構わない。だが、ドアの向こうから生々しく発せられる気配は、とても思いこみなどで割り切れるほど弱いものではなかった。

〝面会〟は三回目といっても、未だに俊平は部屋のドアを開けてくれず、美琴は部屋の内部はおろか、俊平の顔さえ見たことがない。

部屋の向こうに何がいるのか気になるし、それがなんなのかを見極める必要もある。そのためにもこの岩戸を開かなければと、美琴は強く感じていた。

腑に落ちない点はもうひとつあった。

初めの訪問から数えて、三神家の食堂にはすでに三回訪れているのだけれど、その間、美琴が涙の姿を目撃したのは、最初の一回だけだった。

半面、その間に三神さん夫妻のほうは、二度も涙の姿を目撃している。

美琴が初めて店を訪れた四日後に厨房《ちゅうぼう》の片隅で三神さんが、それから九日後に二階の自宅の茶の間で三神さんの細君が、それぞれ涙の姿を目撃していた。

美琴のほうは最近通い始めたばかりで、それも店にいるのは昼の営業時間が終わって夜の営業が始まるまでの短い間である。遭遇率がさがるのは当然なのかもしれない。

ただ、決して驕《おご》るつもりはないのだけれど、仮に涙が何かを訴えたくてこの店を始め、近隣の店に現れ続けているのなら、プロである自分の前にもう一度、出てきてくれてもいいのではないかと思ってもいた。

涙ともう一度会うことができて、運よくなんらかのコンタクトを取ることができれば、あるいはまた少し、よい進展があるかもしれない。

それに、美琴はタルパが嫌いではなかった。むしろ、麗麗に似た温《ぬく》もりが感じられて、触れ合うことができると、なんともいえない懐かしさを感じることができて好きだった。

そんな懐かしい温もりも、できれば久しぶりに感じてみたい。

くれぐれも焦ってはいけないと思いながらも、美琴は涙と早く再会できないものかと、内心じりじりしてはいた。

それからさらに三週間が過ぎた六月の半ば。

俊平との六回目の面会を終えた、深夜零時近くのことだった。

自宅の寝室で眠っていると、ふいに首を摑《つか》まれ、そのままがばりと上体を起こされた。

驚いて目を開けたとたん、冷水を浴びせられたようにぞっとなる。

美琴の目と鼻のすぐ先に、悲しげな表情を浮かべた涙の顔があった。

とっさに「涙さん」と語りかけようとしたけれど、言葉がのどに詰まって出てこない。

金縛りのたぐいではなく、美琴自身が恐怖で固まり、まったく声が出てこないのだった。

涙は眉間《みけん》に深々とした皺《しわ》を刻み、両目を潤ませ、小さな唇をふるふるとわななかせて、
顔じゅうに悲愴《ひそう》の色をありありと浮かべている。

なんとか勇気を振り絞り、涙に声をかけようとしたけれど駄目だった。

そこへ涙のほうが口を開いて、つぶやいた。

「……あたし？」

美琴の首を両手で摑み、目からぼろぼろと大粒の涙をこぼしながら、涙が言った。

「あたし？」

なんのことかと思った瞬間、目の前から忽然《こつぜん》と涙の姿が消えた。

すかさずベッドから飛び起き、部屋の明かりをつけて床の上へへたりこむ。

心臓が破裂しそうなほど高鳴り、全身が痛くなるほどがたがた震えて止まらない。

娘時代から怖い思いはたくさんしてきたけれど、ここまで凄《すさ》まじい恐怖を感じたのは、初めてのことだった。本当は思いだすことさえ恐ろしいのに、それでも涙の顔が勝手に頭に浮かんでくる。

こんなに強い恐怖を感じたのも初めてだったけれど、タルパを恐ろしいと感じたのも初めてのことだった。麗麗を始め、これまで仕事で触れ合ってきたタルパたちに感じた懐かしさも温もりも、涙にはまったく感じられなかった。

感じたのは激しい恐怖と、涙の形相からまざまざと伝わってくる、異様な悲しさだけ。他には何も感じ取ることができず、まるで恐怖と悲しみだけでできた人形のようだった。

あれは本当にタルパなのかと思う。だが、確かに涙は、俊平のタルパである。ならば涙はやはりタルパなのだろうけれど、もはや普通のタルパではなくなっている。暴走したタルパ。それも完全に暴走している。

未だ恐怖に全身をがたつかせながら、一体、涙に何が起きたのだろうと美琴は思った。あるいは俊平の身に何か起きたのだろうか？ 携帯電話の番号は教え合っていたけれど、時間が時間だったし、今まで俊平のほうから連絡が来たこともない。

その日はまんじりともせずに夜を明かし、朝を迎えるとすぐさま俊平に連絡を入れた。幸いにも俊平はすぐに出てくれて、何も変わったことはないと答えてくれた。

涙の様子を話すべきか大いに悩んだものの、結局黙っておくことにした。

その代わり、面会の日にちを前倒ししてもらうことにする。

二日後の午後、美琴は俊平との七回目の面会に向かった。

三神夫妻と挨拶《あいさつ》を交わし、厨房の階段をおりてドアの前へと向かう。

俊平は何も変わりはないと言っていた。だが、美琴自身はとてつもない異変を感じた。

ドアの向こうの空気がさらに重たく、禍々《まがまが》しくなっている。

たとえ古びた木板で遮られていようと、今や俊平以外の誰かが部屋の中にいることが、はっきりと感じ取れる。それほどまでに部屋から漂う気配は強くなっていた。

ひどい悪寒に難渋しながらも、それとなく俊平にドアを開けてほしいと頼んだけれど、俊平は「ごめん」と言って開けてくれなかった。

仕方なく気を取り直し、その後はいつもと変わらぬ調子で俊平と話をして帰ってきた。

けれども本当は帰るまで気が気でなかったし、自宅へ帰ってからも落ち着かなかった。

俊平の部屋から放たれる気配も確かに恐ろしかったけれど、それよりも涙ともう一度、遭遇してしまうことのほうがはるかに恐ろしく感じられた。

あんなふうになってしまったタルパと冷静に交信できる自信など、美琴にはなかった。

それでも仕事を投げだして、逃げだすこともしたくなかった。

どうしようかと悩む。

その後、数日散々悩んだ末に、美琴はようやく一縷《いちる》の望みを見つけるに至った。

実在しない人を殺した人たち

「郷内さんのご本は読ませていただいていたから、加奈江さんのことは知っていました。本当に失礼な表現になって申しわけありませんけど、わたしは暴走したタルパについて、もっとくわしく知りたいんです。よろしければ、諸々《もろもろ》ご教示いただけませんか？」

テーブルの上に両手をそっと重ね合わせ、美琴が深々と頭をさげる。

異様に長い話を聞き終え、私が美琴に教示したのは、とてもシンプルな提案だった。

「悪いことは言わないから、手を引いたほうがいい。そんな仕事は忘れちまえ」

私の答えに美琴は一瞬唖然《あぜん》となって、それから「信じられない」という顔をした。

「こ、この件は俊平さんを始め、たくさんの人が苦しんでいるんですよ？　そんなことできるわけないじゃないですか」

「じゃあ昔死んだ、拝み屋の先輩の言葉も使う。『英雄になろうとするな。自分の器を考えて動けるのが、本物の拝み屋ってもんだ』。至言だと思うね。悪いことは言わない。自分の力でどうしようもないなら、さっさと手を引いたほうがいい」

麗麗の話だけでやめとけばよかったのに、とんだ無駄話を聞かされていい迷惑だった。引き籠《こ》もりのダメ男の話になど興味はない。一杯飲《や》りたくなってそわそわしてくる。

「〝どうにか〟だけだったら、実はできなくはないんです。でもそれはしたくないから郷内さんにお知恵を貸していただいて、少しでもいい結果になるよう、努めたいんです。わたしの気持ち、分かっていただけませんか？」

「分からないね。俺はあなたみたいな聖人君子じゃなくて、単なる田舎の拝み屋だしな。それより今、気になることを言ったな。〝どうにかできる〟ってのはどういうことだ？もしもよろしければ、ご教示いただけませんかね？」

美琴はわずかに唇を尖《とが》らせ、私に何やらひどい言葉を浴びせようとしかけたようだが、つかのま、両目を閉じて鼻から息を吹きだすと、元の腺病質《せんびょうしつ》そうで大人しい顔に戻った。

「すみません。くわしいやり方は言えないんですけど、単にタルパを消すだけだったら、そんなに難しいことではないんです。今までも仕事で何回か実行したことがありますし、それは多分、相手が涙さんでも通用すると思います」

でも嫌なんです、と美琴は続けた。

「たとえば本物の恋人ができたからとか、結婚することが決まったからとか、依頼主のそういう事情で、わたしはこれまで何人かのタルパを消してきました。でも、嫌でした。つらかったです。タルパって、創りあげるまではものすごく難しかったって、依頼主は口を揃えて言うんですけど、同じように自分の意思で消すことも難しいって言うんです。分かりますよ。だって創った動機はどうであっても、元々は自分で愛情をこめて創った存在ですから。そんな大事な存在を簡単に消せるはずがないじゃないですか」

美琴の目に、またぞろ涙が滲《にじ》み始める。それを追うように、語気も荒くなり始める。

「でもそういう事情以外にも、タルパが簡単に消えない理由がわたしには分かるんです。タルパ自身が『消さないで』って思うからですよ。『消えたくない』って思うからです。皮肉ですよね。元は創造主の身勝手な願望で生まれてきたはずの存在なのに、創造主に『尽くしたい』という願望もインプットされているから、創造主がいらないと思っても、『まだ消さないで』『もっとそばにいたい』って思ってしまうんです。わたしは、そんな優しいタルパたちを今まで何人か、泣く泣く消してきました。でもこれ以上は絶対に嫌。涙さんをきちんと元に戻して、俊平さんの心の中に戻してあげたいんです。お願いです。そうするためのヒントが少しでも欲しいんです。〝暴走したタルパ〟になってしまった加奈江さんに、郷内さんはどういう心境で向き合ってきたのか。ご本に書かれていないふたりの終息がどんなものだったのか、ぜひ教えていただきたいんです」

「殺したよ。殺して全部終わりにした」

正確には殺して〝しまった〟のだが、そんなふうには言いたくなかった。

「確かにそんなに難しいことじゃなかった。加奈江を殺して、全部終わりにしてやった。くわしいやり方は言いたくないがね。悪いね、参考にならなそうで。でもこれが答えだ。あなたが知りたがってた、俺と暴走したタルパの決着だよ」

美琴が呆《ほう》けた顔で「そうでしたか」とつぶやいた。

それ以上は言葉が続かないようなので、頃合と判じて席を立つ。

「俺のことをどう思ってたのか知らんが、実物はこのとおりだ。なんの力にもなれない。もっと告白すると、しばらく前からひどい酒浸りで、仕事に愛着も持てなくなってるし、そのうちやめようとも考えてる。そんなわけさ。お互い会うんじゃなかったな」

美琴の「すみませんでした」という言葉を最後に、私はようやく店を出た。

外はもうすでに日が暮れかけ、煤《すす》けた曇り空からは細い雨が音も立てずに降っていた。帰りのバスが出るまでまだまだ時間はたっぷりあったので、歌舞伎町《かぶきちょう》辺りで適当な店を探して呑《の》もうと歩きだす。今夜も死ぬほど呑まないことにはやっていられなかった。

タルパは人を幸せになんかしない。人もタルパを幸せになんかできない。

私はそれを知っているが、小橋美琴はどうだろう。

知らないからこそ真面目くさった涙顔で、あんな甘言を吐き散らしたりもできるのだ。自分で自分のタルパを殺したことがないから、綺麗《きれい》事だけ並べ立てていられるのである。いずれ現実に打ちのめされて、絶望する日が来るだろう。

今の私と同じように。

そんな者と関わり合いになりたくなかったし、そんな者が手掛ける面倒そうな仕事に首を突っこみたくもなかった。タルパについて考えることさえ、もう二度とご免である。

灼《や》けるようなのどの渇きに苛立《いらだ》ちながら、私は酒を求めて雨の中を突き進んだ。

巻き添え

歌舞伎町界隈《かいわい》のしみったれた居酒屋で、身体が欲するままに浴びるほど酒を呑み続け、ようやく店を出たのは、午後の十時を回る頃だった。

外はいつしか本降りになっていて、白糸のような雨が無数のネオンに照らされながらさらさらと降りしきっている。

濡《ぬ》れ鼠の千鳥足で高速バスの乗り合い所へ向かうさなか、視界の片隅に映る交差点の傘を差した人波の中にふと、鮮やかな紫色がちらつくのが見えた。

何気なく視線を向けると、紫色のワンピースを着た若い女が傘も差さずに突っ立って、こちらをじっと見つめていた。

服は長袖《ながそで》、袖口と裾《すそ》の部分には、さらに濃い紫をした薔薇《ばら》の刺繍《ししゅう》があしらわれている。髪はロングのストレートで茶髪。歳はおそらく二十代の前半。女は、生白い細面をした綺麗な顔立ちをしていたが、顔じゅうに憂いを含んだ悲しげな色を浮かべていた。

なんだかどこかで見たような顔だなと思いながら、こちらも視線を注いでいたのだが、そのうち、美琴が話していた月川涙と容姿《し》が全て一致していることに思い至る。

まさかなとは思いつつも、用心するに如くはない。視線を前へ戻して足を速める。

傘を差した人ごみの中を縫うようにして歩き、小さく背後を振り返ると、女のほうもこちらに向かって歩いて来ていた。単に行き先が同じだけだと思いたかったが、視線もこちらにまっすぐ向けられている。

やはり今日は来るんじゃなかった。俺が一体、何をしたって言うのだろう……。げんなりしながらも、慌ててその場を駆けだす。

去年の真冬にも同じように街中で、暴走した加奈江から必死で逃げ回ったことがある。二度と思いだしたくもない記憶だったが、こうして走っていると、嫌でも当時の恐怖が頭の中に蘇《よみがえ》ってくる。あの時はほとんど半日走らされた。今度は赤の他人が創りあげたタルパに夜明けまで走らされるのかと思うと、それだけで泣きたい気分になった。

だが幸いにも、そんなことにはならなかった。

二分ほど走って再び背後を振り返ってみると、雑踏の中に月川涙とおぼしき女の姿は、どこにも見えなくなっていた。安堵《あんど》と不平と疲弊が混じったため息が長々と漏れる。

その後、バスが発車してからもしばらく警戒は続けていたが、月川涙とおぼしき女が姿を現すことは二度となかった。

一から十までろくでもない出張になったと毒づきながら、私は都内をあとにした。

奪うから奪われる

会社員の金子《かねこ》さんは学生時代、ひどく手癖の悪い少年だった。

小学四年生の時、近所の駄菓子屋でほんの出来心から安価な風船ガムをくすねて以来、衝動的に万引きを繰り返すようになった。

玩具《がんぐ》店で目に止まったプラモデル、書店で目についた漫画雑誌、レコード店の店頭に並べられた新譜のＣＤアルバム、文房具店のシャープペン、服屋のＴシャツ。

いいなと思うものは、なんでも鞄《かばん》やポケットに入れた。

当時、親から毎月それなりの小遣いをもらっていたし、小遣い以外にも少しねだれば、欲しい物はそこそこ買ってもらえもした。改めて考えてみれば、盗んだ物はどうしても欲しかった物ではなく、なんとなく気が向いてくすねた物が大半だった。

小遣いで買った物より、盗んで手に入れたもののほうが圧倒的に多いほどだった。

けれども金子さんは盗みの手際がよかったのか、はたまた運がよかっただけなのか、常習的な万引きが発覚することはただの一度もなかった。

だから大した罪の重さを感じることもなく、金子さんはその後も気のおもむくままに盗みを繰り返し続けた。

金子さんが高校受験を間近に控えた、中学三年生の正月だった。

友人たちと連れ立って、地元の大きな神社へ初詣《はつもうで》に出かけた。

拝殿を前に受験の合格を願い、それから境内に立ち並ぶ雑多な屋台を冷やかして回る。

友人たちが合格祈願の御守りを買うと言うので、金子さんも御守りを買うことにした。

だが、会計の列に並んでいる最中、店頭に並べられている魔除《まよ》けの御守りが目について、そっちも少し欲しくなった。

だから魔除けの御守りは店員の目を盗んで、手早くポケットに滑りこませた。

盗みがバレることなく会計を済ませ、何食わぬ顔で境内を出る。

それから「飯でも食おう」ということになり、みんなで近くのラーメン屋に入った。

席につき、注文したラーメンを食べようと箸《はし》を手にとった時だった。

右手に違和感を覚え、何気なく目をやったとたん、悲鳴があがる。

右手の人差し指が根元から、跡形もなく消え失《う》せていた。

痛みはまったくなかった。血も出ていない。それればかりか、傷口らしきものさえない。

人差し指の根元はまるで、初めから指などなかったかのように滑らかな皮膚で覆われ、親指と中指の間に空白を作っていた。

その日以来、金子さんはすっぱり万引きをやめたそうである。

吠えるから

週末の深夜、賀子《かこ》さんが二階の自室で心霊物のDVDを観ていた時のことである。

賀子さんの膝《ひざ》の上で眠っていたペットのコーギーが、突然がばりと起きあがったかと思うと、カーテンの閉め切られた窓に向かってぎゃんぎゃんと吠え始めた。

「こらっ！」と軽く叱りつけ、コーギーを黙らせる。

賀子さんの叱責《しっせき》にコーギーは低いうなり声をあげ、窓のほうを睨《にら》むように凝視すると、やおらベッドの上に飛び乗り、そのまま拗《す》ねるように眠ってしまった。

一体何に吠えていたんだろう？

カーテンの向こうには、闇夜に染まった小さなベランダがあるばかりである。

普段は無駄吠えなどすることのないコーギーの奇妙な振る舞いに、ふと疑問が生じた。

立ちあがって窓へ近づき、そっとカーテンを開けてみる。

とたんにその場で、棒を呑んだように固まってしまう。

ベランダの鉄柵の向こうに、男の生首がふよふよと浮いていた。

何これ……？

生首は色の白い中年男で、髪の毛はポマードで固めたようなてかてかのオールバック。首の付け根からは、布海苔《ふのり》のような赤黒い血管がもじゃもじゃと垂れさがっている。

幸い、生首はこちらへ横顔を向けていたので、気づかれてはいないようだった。

わずかに安堵を覚えるが、それでも自分の目の前にとんでもない化け物がいるという事実に変わりはない。思わず全身に鳥肌が立った。

視線をそらすことも恐ろしく感じられ、そのままじっと生首を見つめ続ける。

と、暗闇を漂っていた生首が、ふいにベランダのほうへ向き直った。

賀子さんが凝然と見守るなか、生首は鉄柵の手摺《てす》りを探るように一瞥《いちべつ》したかと思うと、そのまま鉄柵の上にくちゃりと着地してしまった。

嘘！

まさかの事態に、たちまち目の前が真っ暗になる。

どうしよう……。

そわそわしながらその場に固まり、静かに生首の様子を窺《うかが》っていると、やがて生首は手摺りの上で目を閉じ、うとうとと舟を漕《こ》ぎ始めたようだった。

とりあえず逃げないと……。

チャンスは今しかないと腹を括《くく》った賀子さんは、半分開けてしまったカーテンの端をそっと摑《つか》みながら静かに一歩、うしろへさがった。

と、そこへ。
ぎゃんぎゃん、ぎゃんぎゃんぎゃん！
背後のベッドで寝ていたコーギーが突然起きあがり、生首に向かって吠えたてた。
瞬間。
「あああああああああああああああああああああああああああッ！」
手摺りの上の生首がかっと両目を見開き、賀子さんに向かって大声を張りあげた。
生首は手摺りの上からぶわりと空に舞いあがり、くるりと縦に一回転したかと思うと、
そのまま窓ガラスに向かって猛突進してくる。
とたんに心臓を蹴《け》られたような衝撃が走り、賀子さんも泣きながら悲鳴をあげる。
どすっ！
という鈍い低音がガラスに反響した直後、賀子さんの意識はぷつりと途切れた。
翌朝目を覚ますと、窓際の床上で大の字になって伸びていた。
厭《いや》な夢を見てしまったと思いながら窓へと視線を向けた瞬間、蒼然《そうぜん》となる。
窓ガラスのまんなかにどす黒い染みが、丸い形を帯びてごってりとこびりついていた。
染みはいくら拭いてもまったく消えず、結局、取り替える羽目になったという。

結果は出ている

この世に霊だのお化けだの、そんな不確かで怪しげなものは果たして実在するのか？
周囲で心霊関係の話題が出るたび、塗装工の犬伏《いぬぶし》は常々そんなことを考えていた。
ある日、自宅の近所で交通死亡事故があり、道端に献花が供えられるようになった。
犬伏もよく知る近所の老婆が、バイクに撥《は》ねられたのだという。
老婆は生前、自分の孫の学歴と犬伏の学歴を比べて見下す、いけ好かない人物だった。
常々死ねばいいのにと思っていたので、願ったり叶《かな》ったりというやつだった。
さらにはついでだし、この際なので、実験材料になってもらおうとも考えた。
老婆が亡くなってからほどなくして、犬伏は夜毎、人目を盗んでは事故現場へ向かい、
献花に向かって小便をかけるようになった。
この世に霊だのお化けだのが実在するなら、きっと婆《ばばあ》が怒って化けて出てくるだろう。
そんなことを期待しながら、献花に向かって小便を浴びせ続けた。
ところがひと月ほど続けても老婆が化けて出てくることは、結局一度もなかった。
本当はもう少し粘って続けてみたかったのだけれど、まもなく健康診断で引っかかり、
大腸癌が発見されたため、やむなく断念したのだという。

怖いもの狂い

「でも僕は、やっぱり体験したいし、見てみたいんです。勲章みたいなもんとして！」

脂ぎった丸顔に卑屈な薄笑いを浮かべながら、男は言った。


二〇一五年七月下旬、戸外で鳴き交わすセミたちの声もいよいよ耳障りになり始めた、ひどく気だるく、蒸し暑い昼下がり。

私の仕事場へ〝生粋の心霊マニア〟と名乗る、おかしな男が現れた。

四十代前半のずんぐり太った小男で、名前を井口《いぐち》稔《みのる》という。彼は生粋の心霊マニアで、いわゆる心霊スポット巡りにも熱心な男だった。

自分の足で直接現地へ出かけるようになったのは、つい数年ほど前からとのことだが、未《いま》だに現地で幽霊らしき姿はおろか、音や気配すら一切感じたためしがないのだという。

そこで私に、どこかお勧めの心霊スポットを紹介してもらい、ついでにガイドのような仕事もお願いしたいということだった。

要するに猛獣ツアーのガイドみたいな真似を、この私にやらせようというわけである。

有り体に言って、とんでもなくバカな男だと思った。

私の古くからの相談客にも若い時分、心霊スポット巡りに熱をあげていた男がいるが、彼はその趣味が原因で、謝罪のために死ぬまで写経をやり続けなければならなくなった。彼に課せられたペナルティは最悪の部類に入るものだが、俗に心霊スポットと呼ばれる場所へ自ら好んで足を踏み入れるという行為は、大なり小なり、そうしたリスクが伴う極めて愚かな行為といえる。

だから人の道として私は、色めく彼に「やめておきなさい」と嗜《たしな》めたのである。

ところが座卓の向かいに座るこの愚かな心霊オタクは、〝勲章みたいなもん〟として自分も一度は怪しい現場で、怪しい体験をしてみたいのだと、笑いながらほざいている。呆《あき》れて開いた口が塞《ふさ》がらなかった。

否。正確には、先刻までこの男に延々と怪談話を語り聞かされた時点で私は呆れ果て、弛緩《しかん》した唇がだらりと半分、開きっぱなしになっていた。

井口は怪談話の蒐集《しゅうしゅう》にもずいぶんとご執心らしく、ネットで知り合った怪談仲間だの、場末のスナックでくすぶっている怪しい連中などから、せっせと話を集めているらしい。それは別に構わないのだが、集めた話の中身がひど過ぎた。

趣味は人を表すというか、ある意味、人そのものではないかと思うことがある。

この日、井口が私に語ったのは、発生した怪異そのものよりも、怪異を引き起こした人間側に著しい不備か悪意が存在する、いずれも胸糞《むなくそ》が悪くなるような話ばかりだった。敢《あ》えてどれがそうとは言わないが、本書にも井口から聞かされた話を一部収録している。

だが私が選別して収めた分は、まだまだ幾分マシな話と言えよう。

たとえば、精神病を患っている人たちを手当たり次第に捕まえて撮影してみたところ、その何枚かに幽霊らしきものが写っていたという話や、猫にひどい虐待をしていた男が祟《たた》られて悶死《もんし》した話だの、レイプやリンチにまつわる話だの、墓暴きにまつわる話だの、概要を示すだけですでにもう十分だと思える話は、ことごとく除外した。

ちなみにこれらは概要だけでも紹介できる分、まだまだぎりぎりマシな部類と言える。本当にひど過ぎる話はさわりを口にすることさえ憚《はばか》られるため、このまま口を閉ざして墓まで持っていこうと考えている。

そうした話をおよそ二時間余りも聞かされた挙げ句の、今である。

特異な仕事柄、性根が歪《ゆが》んでいたり、腐ったりしている人間を見るのは珍しくないが、これは久々のヒットだった。二日酔いで朝からメロメロになっていた頭がさらに痛んで視界がぼやけ、追加のアスピリンが堪《たま》らなく欲しくなる。

「いいですか？　仮に自分が何かを体験することで、とたんに大好きだった怪奇趣味が死ぬほど嫌いなものになってしまうかもしれませんよ？　そんなの本末転倒でしょう？悪いことは言わない。こういう趣味は、安全な立ち位置にいながら楽しむのが一番です。ガイドもツアーもやる気はないんで、そろそろ帰っちゃもらえませんかね？」

どくどくとひっきりなしに脈打つ頭に懊悩しつつも、できうる限り、最大限の笑顔をこしらえ、井口に向かって助言と要望を差し向ける。

ところがこいつにまともな意見など通用するはずもなかった。

「嫌いになんかならないですよ！　自慢じゃないけど、僕は生粋の心霊マニアですよ？　そこらの俄《にわ》か連中みたいに、ハンパな気持ちで現地に行ってるわけじゃないんですから、大丈夫です！　むしろ、自分自身も特殊な体験をしてこそ、一人前だと思ってますよ！　お願いですから、どっかに一緒に行きましょうよ、ねえ先生！」

これ以上はないというほど弾《はじ》けた笑みを浮かべ、井口が意気揚々と捲《ま》くし立てた。

「断りますよ。あいにくそういう趣味はないんでね。他を当たってくださいよ」

本当は怒鳴りつけてやりたいところだったが、どうにかぎりぎり堪《こら》えることができた。

傍らにしまってあるウィスキーを引っ張りだして、ガブ飲みしたい衝動に駆られた。

「そうですか……じゃあせめて、御守り作ってもらえませんか？」

大仰に肩を落として見せながら、いかにもしょんぼりした声音で井口が言った。見たいだの、体験したいだのとほざいているくせに、我が身はやはりかわいいらしい。御守りなんぞ持ってたら、願いは一生叶わないかもな。

思いながらも大人しく帰ってくれるのならと思い、素直に応《こた》えてやることにした。

「それは構いませんよ。魔祓《まばら》いの御守りでいいんですか？」

「いや、あのー、なんていうんですかね。自分の身代わりになってくれるのがいいです。ほら、紙を人形《ひとがた》に切り抜いて作ってあるやつ。漫画なんかでよくあるじゃないですか？　自分が呪いや祟《たた》りを受けたりすると、人形のほうに穴が空いたり、焼け焦げたりするの。

ああいうタイプのが欲しいです」

漫画と一緒にされてはうんざりだったが、よく知っている。

確かにそういう用途に用いる御守りは存在する。

「なるほど。作ることはできますが、なんでまたそんなものを欲しがるんです？」

「いや、もしかしたら自分自身で気づかないだけで、いろんなところに行ってるうちに、霊障みたいなものを受けてる可能性もなくはないじゃないですか。そしたら身代わりの紙切れに何かの印が出るかもしれないでしょ？　それこそ、穴が空いたり焦げたりとか。そういうのでもいいから、見てみたいなあって思いまして」

笑いながら、井口が答えた。

本当に久々のヒットである。よくもそんな、バカげたことを思いつけるものだと思う。こちらの予想のはるか斜め上を行く珍回答に、怒る気力も失《う》せてしまった。

「そうですか。まあいいや。お望みとあらば、作りましょう」

「やった、ありがとうございます！　あ、ついでに女房と娘の分も作ってもらえます？　僕は望んで怪異が体験できるのを待ってますけど、女房と娘は巻きこみたくないんでね。そっちは本当に純粋な御守り用として、プレゼントしようかと思います！」

一体どこの世界に、拝み屋が作った人形を唐突に渡されて喜ぶ嫁と娘がいるのだろう。よくてドン引きされるくらいのものである。悪けりゃ離婚のきっかけにもなろう。聞けば娘はまだ小学二年生なのだという。すでに世の小学校は、楽しい夏休みである。

暇を持て余しているのだったら、娘を海にでも連れて行ってやればいいのにと思った。

「あ、作ってる間、よかったら怖い話、もっと聞かせましょうか？　とっておきの話はまだまだいっぱいありますんで、これはと思っていただけるのがあったら、ぜひ先生のご本で紹介してやってくださいよ！」

「それはどうも」と頭《かぶり》を振りながら応えつつ、黙れと思いながら人形作りに取りかかる。

三十分ほどかかって人形を作る間、井口はずっと益体もない怪談話を語っていた。


やがて人形ができあがり、色めく井口に使い方の説明をしたうえで譲り渡した。

和紙を切り抜いて作った直径五センチほどの人形を、白紙で作った御守り袋に入れた、見た目はこれ以上はないというほど簡素な代物である。

使い方もシンプルで、財布やカバンなど、日常的に持ち歩く物の中に入れておくだけ。持ち主に災いが降りかかると人形が依《よ》り代の役割を果たし、持ち主の身代わりとなって災いを引き受けるとされる。過去にも仕事で何度か作ったことのあるものだった。

敢えて井口には黙っていたが、確かに身代わりとして機能を果たしたとしか思えない痕跡《こんせき》が確認できたこともある。

役目が終わって相談客から返された人形を検《あらた》めてみると、井口が期待しているとおり、人形の胸や額に穴が空いていたり、手足の端が薄く焼け焦げていることが何度かあった。

だから効く効かないの話で言うなら、おそらく効いてはいるのだと思う。

くだらない目的のために譲り渡すには少々ためらわれる代物だったが、仕方あるまい。こんな男にこれ以上付き合っていたら、頭がおかしくなってしまいそうだった。

「使用期限は特にありませんけど、不要になったら白い紙に外側の御守り袋ごと包んで、一緒に粗塩をひと摘《つま》み入れてください。それで処分することができます」

本当は私に直接返してもらえば無償で処分もしているのだが、それは説明しなかった。この手の輩《やから》とは短い人生のうち、数時間も付き合えばもう十分である。

「へえ、すごいっすね、なんか本格的な感じです！　見た目的にもかっこいいですよ！　大事にします、ありがとうございます！」

無礼な礼を恭しく述べながら、井口は座卓の上に差しだした依り代を受け取った。

「本当に大事にしたいんだったら、そいつが一度も働かなくて済むようにしてください。一応、神聖な物なんでね。粗雑に扱うと罰が当たるかもしれませんよ」

「え、怖いですね！　あ、でもそれはそれで、ちょっぴり好都合かもしれませんです！　なんちゃって！　ウソウソ、冗談ですよ！　大事にします！」

ぺこりと頭をさげつつ、井口が立ちあがる。

俺に一度たりとも怒鳴られなかったのは、この数年でいちばんの幸運だったと思えと心の中で毒づきながら、井口を玄関先まで見送った。

静まり返った仕事場に戻って時計を見ると、午後の四時を半分ほど回っていた。

頭痛はなおも続いていたが、ささくれ立った神経は頭痛薬よりも安定剤を求めていた。

座卓の傍らにある物入れの引き出しからウィスキーのボトルを引っ張りだし、割らずにそのまま、ぐびりとのどへ流しこむ。

あとはいつもと同じ展開だった。

その日も夜中の遅くまで黙々と酒を呑《の》み続け、昨夜までは半分あったボトルの中身を一滴残らず空にしてから、ようやく私は眠りに落ちた。

真夏の恒例

それから数日経った七月の終わり頃、深夜二時近くのことだった。

例によっていつものごとく、仕事場で安酒を呷《あお》ってぐでんぐでんに酔っ払っていると、我が家に続く長い上り坂を猛然とした勢いで駆け上ってくる、嫌な感じのエンジン音が聞こえてきた。エンジン音はみるみるうちに我が家の門口まで到達し、ヒステリックなブレーキ音を軋《きし》ませながら玄関前でぴたりと止まった。

冗談じゃないと思いながら、グラスを放って仕事場を飛びだす。

廊下を進んで玄関へ向かうさなか、外から車のドアが開いて閉じる音も聞こえてきた。

それもずどんばたんと、焦りを帯びて騒々しい。

玄関を開けると、派手な見かけの男が三人と、ケバイ化粧をした女が突っ立っていた。

いずれも二十代前半とおぼしき、いかにも素行の悪そうな連中である。

男のひとりは、明るい金髪をヤマアラシのようにおっ立てたツンツン頭。

もうひとりは、長めの茶髪を女々しい感じに整えたホスト風。

最後のひとりは、夜中なのにサングラスをかけた坊主頭の里芋風ヤクザ。

いずれも見かけはイケイケなのに、顔色は一様に真っ青である。

「こんばんは。いい夜だな。でも新聞の勧誘だったら、昼間にしてくれないか？」

笑いながら声をかけたが、向こうは誰ひとり、くすりともしない。

「あのお、ここって霊能者の家っすよね？」

まんなかに突っ立っていたツンツン頭がおずおずと尋ねてきた。

「いや、霊能者じゃなくて、うちは拝み屋。霊能者をお探しなら、街場のほうに何軒か霊感商法をやってる詐欺師どもがいるから、そっちを当たってくれないかな？」

「拝み屋でもなんでもいいんすよッ！　お祓いとかできるんすよね？　さっきスマホで調べてソッコー来たんすわ！　後輩がヤバいんです、助けてもらえないっすか！」

引きつり気味の蒼《あお》ざめた顔で、ツンツン頭ががなりたてる。

「悪いが今夜はもう店じまいだ。予約をとって明日《あした》また、出直して来てくれないか？」

「マジでヤバいんだって！　そんな余裕ねーから！　早くなんとかしてくれよ！」

今度はツンツン頭の隣にいた里芋が吠《ほ》えた。

呻《うめ》き混じりのため息を吐きながら、玄関先に停められた車のほうを見やる。

「中にいるのか？」

「はい、うしろでグッタリしてるんです」とツンツン頭。

「みんなで担いで、仕事場に連れて来い」

顎先《あごさき》で車のほうを指し示すなり、四人は一斉に踵《きびす》を返して、後部座席のドアを開けた。

開け放たれた車内のシートには、若い男が身を捻《よじ》らせながら横たわっていた。

やっぱりなと思い、今度は太いため息が漏れる。

毎年夏になると決まって一度か二度、夜中にこれとまったく同じ光景を見せられる。

四人が後輩とやらを車から担ぎだしているところへ、寝室から妻が起きだしてきた。

「なんでもない。毎年恒例のやつだ。大丈夫だから、寝てていい」

言いながら私がうなずくと、妻は寝ぼけ眼を擦《こす》りながら寝室へ戻っていった。

そこへ入れ替わるようにして、ホスト風と里芋が後輩の両肩を担いで中へ入ってくる。

仕事場まで先導してやり、畳の上に後輩を寝かせるよう指示をだす。

どう見てもまだ未成年にしか見えない後輩は、両目を苦しげに閉じ結び、か細い声で悲痛な呻きをあげていた。まるで死にかけの子牛のごとく、いたいけな呻きである。

「ここに来る途中までは、なんか大声で爆笑したり、急に泣いたりとかしてたんすけど、十分ぐらい前から大人しくなって、今はこんな感じっす」

私の傍らでツンツン頭が言った。

「……ふーん。で、どこに行って来た？」

「[redacted]町の山ン中にある、古いホテルっす。最初はなんともなくて普通だったんすけど、帰る頃にいきなりおかしくなってしまったんすよ。もうマジ、ヤバかったっす」

そのホテルなら私も知っている。地元では昔から割と有名な心霊スポットである。

「なんでまたこんな真夜中に、よりにもよって廃業したホテルになんか行ったんだよ？ドラゴンボールでも探しに行ったのか？」

「いや、夏だし、せっかくだからちょっと、肝試しでもしようかなって思って……」

寸秒間を置き、いかにもバツが悪そうにツンツン頭が答えた。

だろうな。とっくに知ってたよ。今のは形式的な質問だ、バカどもが。

毎年かならず、こうした連中が、夜中に真っ青な顔で我が家の玄関戸を叩《たた》くのである。

肝試しに行ったら同行していた誰かが急におかしくなったと、半べそをかきながら。

先日の井口といい、どうしてこうも軽はずみに、我が身を危険に晒《さら》したがるのだろう。

そのくせ何かとんでもないことが起きると、こうして私の許《もと》へ泣きついてくるのである。

長らくうんざりさせられている気疎い夏の風物詩だったが、今年は楽しい泥酔タイムを邪魔されたことで、不快感は例年の倍増し以上にひどかった。

「どうですか、見た感じ。こいつ、ちゃんと元に戻りそうですかね？」

仰向《あおむ》けになった後輩の足元から、ホスト風が尋ねてきた。

「さあね。もうお気づきだと思うけど、今夜はだいぶ酔っ払ってるからな。いい感じに祓《はら》い落とせるかどうか、俺にもよく分からないね」

「ふざけてないで、ちゃんとやれよ。それがあんたの仕事じゃねえのかよ」

そこへ里芋がサングラスの奥から眼をぎらつかせ、低い声で凄《すご》んだ。

「まあ、そう焦るなって。ところでどうだろう、このまま放っぽっといたらどうなるか、少し様子を見たりしてみないか？」

へらへら笑いながら答えるなり、里芋がこちらへ向かって身を乗りだして来た。

そこへ「ばちぃん！」と大きな音がしたかと思うと、たちまち視界が真っ暗になった。

どうやらブレーカーが落ちたらしい。

とたんに里芋を含め、四人の若者たちから女々しい悲鳴があがり始める。

「おいおいおいおいおいおい！　なんなんすか！　なんなんすか、これぇ！」

漆黒の中から、ツンツン頭とおぼしき声が泣き言をわめき始めた。

「さあ、ジェイソンかな？　電線を引っこ抜かれたのかも」

「いやいやいやいや！　冗談言ってる場合じゃねーし！　なんとかしてくださいよ！」

至近距離で馬鹿声を張りあげられると、頭がずきずき痛くなってくる。

仕方なく、重い腰をあげることにした。

「分かった分かった。今、ブレーカーを見にいってくるから、ここで大人しく待ってろ。でも、ジェイソンはもう中に入って来てるかもしれないから、用心したほうがいいぞ？　さすがの俺も、ジェイソン相手じゃ分が悪い」

酔った頭が紡ぐ戯言《ざれごと》を吐きだしながら、慎重な足取りで仕事場を抜け、ブレーカーが備えられている台所へ向かう。手探りでブレーカーのレバーをあげると、台所の豆球と廊下の電球にぱっと光が戻った。

電気は無事に復旧したものの、停電の直前に里芋が見せたふざけた態度を思いだすと、無性に腹が立ってくる。酔いの加減も手伝って、とても我慢する気になどなれなかった。まっすぐ仕事場へは戻らず、私室の代わりに使っている中座敷へ向かうことにする。

中座敷に置いてある物入れを開けると、探しているものはすぐに見つかった。

もうだいぶ以前に買った、古びたジェイソンのホッケーマスクである。

米国製の安価でチープな造りのマスクなのだが、ぱっと見の雰囲気はなかなかよい。

それをしっかり被《かぶ》って廊下を引き返し、仕事場の障子戸を両手で勢いよく開け放つ。

結果は私が期待していた以上に覿面《てきめん》だった。

四人が四人、全員座ったままの姿勢で、悲鳴をあげながら一斉に宙へと跳ねあがった。

本命の里芋などは、まるで尻《しり》にバネでも仕込まれたかのように、胡座《あぐら》をかいた状態で三十センチほど、まっすぐ綺麗《きれい》に跳ねあがった。

「台所にこれが落っこってたよ。どうやらジェイソンは急用ができて帰ったらしいな」

マスクを外しながら四人に笑いかけると、里芋とツンツン頭が顔を真っ赤にしながらずかずかと歩み寄って来た。

「てめえ、さっきからなんなんだコラ！　あんまりなめたことしてんじゃねえぞ！」

とうとう里芋が高声をあげて、一線を越えた。だからこちらも越えてやることにした。

「さっきからなめてんのはお前らのほうだろうがッ！」

唐突な怒声に一瞬固まった里芋とツンツン頭を尻目《しりめ》に、そのまま言葉を続ける。

「お前らが今夜、ホテルに行った目的はなんだ？　怖い思いをしたかったからだろう？

だから盛りあげてやってんだよ。どうだ、最高だろうが？」

そのまま畳の上で伸びている後輩の傍らに座って、さらに嫌味を言ってやる。

「こういうのがお望みだったんじゃないのか？　たかだか後輩がとり憑《つ》かれたぐらいでビビって泣きついて来てんなよ。最高に怖くてヤバい気分を堪能《たんのう》したかったんだろう？　こんなんでビビるくらいなら、初めから心霊スポットになんか行くんじゃねえ！」

怒声を張りあげながら、今度は後輩の背中を起こして上体を持ちあげる。

いちばんシンプルな憑き物落としの呪文《じゅもん》を唱えながら、上体を起こした後輩の背中を平手で五回ほど叩いてやると、ぐったりしていた後輩が痰《たん》の絡んだ咳《せき》をし始めた。

「今までのこと、覚えているか？　覚えてないか？」

後輩の顔を覗《のぞ》きこみながら尋ねる。

「……さあ、分かんねっす。ここ、どこっすか？」

むせた拍子に目からぼろぼろ涙をこぼしながら、しゃがれた声で後輩が答えた。

「仕事は終わった。まだなんか俺に言いたいことはあるか？」

里芋とツンツン頭に尋ねると、ふたりは「いや、あざっす……」とだけ答えた。

その後、後輩の調子が落ち着くのを見計らって、形式通りに祈禱《きとう》料を請求したのだが、後輩を含めてこいつらの財布に入っていたのは、全部で二千円にも満たない小額だった。これではせいぜい数日分の酒代ぐらいにしかならない。

大方、金がなくてどうしようもないから、肝試しにでも行こうと思いついたのだろう。今さらだったが、彼らがなんだか無性に哀れでいじましく思えてきた。

ツンツン頭は「気持ちっすから、お礼っすから」などと言って、みんなで掻《か》き集めた小銭を置いていこうとしたが、どうにも受け取る気になれず、丁重に断った。

先ほどまでとは打って変わって、何度もぺこぺこと頭をさげながら玄関口を出ていく彼らを見送り、仕事場へ戻ってくると、妙な疲れが一気にどっと押し寄せてきた。

実際、憑き物落としは八割方が簡単な手順で、それも短時間で解消される。

それは今年に入って私がやたらと冴《さ》えているのとは関係なく、以前から変わらない。

けれども残りの二割に関しては、そうは問屋が卸さない。

落とすのに多大な手間を要するものもあれば、どうがんばったって落とせないものも、残念ながらこの世にはある。そんな厄介なケースも、過去に何度か手がけたことがある。

だから今夜の彼らに起きたアクシデントは不運などではなく、むしろ幸運と言えよう。

落とせるものと落とせないものが棲《す》みつく場所の判別など、素人にはできないだろう。

そんなことすらできないのに、真夏の余興で安易に心霊スポットへ足を踏み入れていく彼らのような連中のことを思うと、なんだかどうにもやるせない気分に陥った。

降る声

会計士の小暮《こぐれ》さんが夜更けに仕事を終え、帰宅の準備をしていた時だった。

きゃああああぁぁぁぁぁぁぁぁぁ……

ふいに事務所の窓辺の頭上から絹を引き裂くような、か細い女の悲鳴が聞こえてきた。

小暮さんが勤める事務所は、四階建ての雑居ビルの二階にある。

声を聞くなり、誰かが投身自殺を図ったのではないかと身構えた。

きゃああああぁぁぁぁぁぁぁぁぁぁぁぁぁぁぁ……

ところが声は一向に止む気配がなく、果てることなく細い悲鳴をあげ続けている。

聞き耳を立てていた小暮さんもしだいに怖くなってきた。

蒼《あお》ざめながら足早に階段を駆けおり、外へ出る。

だが、それでも声は頭上からなおも細く小さく、聞こえ続けていた。

きゃあああぁぁぁぁぁぁぁぁぁぁぁぁぁぁぁぁぁぁ……

見る気もないのに、ついつい勝手に頭上を振り仰いでしまう。

すると。

逆さまになった女が暗闇の中空にぴたりと留《とど》まり、細い悲鳴をあげていた。


後日、同じビルのテナントに事務所を構える古参の建築士にそれとなく訊《き》いてみると、確かに今から十年以上も前、このビルから投身自身を試みた女がいたのだという。

ただし、彼女の自殺は未遂に終わっている。

ひとえにビルの高さが足りなかったがゆえである。

本人にしてみれば不本意な結果だったかもしれないが、せいぜい腰の骨を折る程度で彼女は事なきを得たのだという。

その後、女がどうなったのかは知らない。ただ、少なくともこのビルから飛び降りて死んだのでないことだけは確かだと、彼は答えた。

ではどうしてそんな女が化けて出るのか。

理由も不明のまま、小暮さんは今でもたまに女の悲鳴を聞くことがあるのだという。

お前のせいで

「お前のせいで、地獄だよ」

もうすぐ三十路《みそじ》を迎える南原《なんばら》さんの耳元で、ドスの利いた濁声《だみごえ》が囁いた。

振り返ると目の前には、ぎらついた龍の刺繍《ししゅう》が入ったウィンドブレーカーを着こんだいかにも柄の悪そうな男が立っていて、南原さんを鋭い目つきで睨《にら》んでいる。

この日は最寄り駅のホームだったが、男は飲食店のテーブル越しや、勤め先の通用口、時には自宅の寝室にも現れて、毎回同じことを囁《ささや》いては、その後にすっと姿を掻き消す。

こんなことがもう、かれこれ一年以上も続いているのだという。

男の顔には見覚えがあった。石塚《いしづか》という、高校時代の同級生である。

その昔、石塚は南原さんに対して執拗《しつよう》なイジメを繰り返し、最後には度を超え過ぎた暴行事件を起こしたことで、少年院送致となっていた。

その後、出院した石塚の人生は大きく狂い、今現在は暴力団の使い走りをしていると聞いている。ヤクザ渡世も厳しい時代だから、さぞや悲惨な日々を送っているのだろう。

ただ、その逆恨みの矛先が自分では堪《たま》らないと、南原さんは肩を竦《すく》めて語っている。

ハートの問題

「わたし、もしかしたら人を殺してしまったかもしれないんです……」

槙《まき》さんという、都内で事務職をしている女性から聞いた話である。

今から六年ほど前、就職したばかりの彼女は、勤め先に程近いマンションを借り受け、独り暮らしを始めた。

引越しから数ヶ月が経ち、新生活にもようやく慣れ始めた、ある晩のことである。

深夜、ベッドで昏々《こんこん》と寝入っていた槙さんは、室内に響く不審な物音で目を覚ました。

音は規則的な間隔で「どっ・どっ・どっ・どっ」という、低い唸《うな》りを発し続けている。

しかも音の発生源は、部屋の中。

それも自分が眠るベッドの、ほんのすぐそばから聞こえてきた。

自室にそんな音が出るものを置いた覚えはない。けれども音は確かに聞こえてくる。

どっ・どっ・どっ・どっ・どっ

不快に響く重低音に顔をしかめつつも耳をそばだて、音の発生源を探る。

どっ・どっ・どっ・どっ・どっ・どっ

耳が示した音の方向へやおら顔をあげたとたん、槙さんは思わずその場を飛び退《の》いた。遮光カーテンがぴたりと引かれた窓際のカーテンレールの上に、何やら赤黒い物体がどくどくと脈を打ちながら蠢《うごめ》いていた。

心臓だった。

持ち主の肉体はおろか、血管さえもついていない、剝《む》きだしの塊だけになった心臓が、「どっ・どっ・どっ・どっ」と、重厚な鼓動を刻みながら、まるでカタツムリのようにのろのろと、カーテンレールの上を這《は》い進んでいた。

部屋の隅へと貼りつくように退避した槙さんは、その場に凍りついたように固まって、静かに心臓の動向を見守ることしかできなかった。

幸いにも心臓は、カーテンレールの反対側の端まで行き着くと、その場でうねうねと身をくねらせるようにして何度か蠢き、それから槙さんの見ている目の前で煙のごとく掻《か》き消えてしまった。

これだけならば気の迷いか、あるいは仕事の疲れで幻覚でも見たのだろうという話で、綺麗《きれい》に片がつくはずだった。

ところが心臓は、その後も不定期に槙さんの部屋に現れ続けた。

時間は決まって深夜。槙さんが眠っていると、カーテンレールの上から不快な鼓動の音を響かせて、眠りから引きずり起こす。動きも毎回変わらず、カーテンレールの上をのろのろと這い伝い、それから煙のごとく掻き消える。

別段、それ以上の何かをされるわけではない。心臓は音をたてて這いずるだけである。

ただ、実害は生じなくても、耐え難い不快感と恐怖だけは心の中に蓄積されていった。心臓を目撃するたび、身体に巻き起こる震えはいや増し、心はしだいに萎《しお》れていく。

やがてふた月ほども経つと、槙さんの心は限界近くまで追いつめられてしまった。

どうせだったら、窓際に血まみれの女でも立っていてくれれば、まだいいのに――。

夜な夜な現れるものがそんなものであるなら、寺や神社にお祓《はら》いを頼むこともできる。けれども相手が〝剝きだしの心臓〟では、どうしようもなかった。

わたしは心の病気になっちゃったんだ――。

心霊めいた解釈などより、自分自身の正気のほうを、より生々しく疑うようになった。

勇気をだして周囲に相談しようと考えたこともあったが、そもそも自分自身でさえも己の正気を訝《いぶか》しんでいる状態である。

身内や友人から返ってくる言葉を想像するだけで、口は重たく塞《ふさ》がってしまった。

自室に心臓が現れ始めて半年ほどが経った、ある晩のことである。

鬱々《うつうつ》とした気持ちを抱えながらベッドの中で寝入っているところへ、またぞろ不快なあの鼓動が、窓際の頭上から重苦しく聞こえ始めた。

どっ・どっ・どっ・どっ・どっ

オレンジ色のなつめ球に弱々しく照らされた薄闇の中。まぶたを開いて頭上を仰げば、カーテンレールの上をカタツムリのような動きで這い進む心臓の姿が、やはりある。

風船状に膨らんだ赤黒い肉の塊が、鼓動に合わせてばくばくと収縮を繰り返している。

何度見ようと、到底慣れることなどできるものではない。

どっ・どっ・どっ・どっ・どっ

その異様な姿に、音に、この日は不安や恐怖よりも、苛立《いらだ》ちのほうが強く募る。

普段なら頭から布団を被《かぶ》って耳を塞ぎ、心臓が姿を消すまでやり過ごしていたのだが、この日は違った。

これまで鬱積《うっせき》していた苛立ちが胸中でじわじわと湧きたち、衝動的に発露してしまう。

「もう！　いい加減にしてよっ！」

布団を跳ねあげてベッドから立ちあがると、そのまま台所へ駆けこみ、包丁を握って再び寝室へ戻った。逆手に握った包丁の刃先を、心臓めがけて思いっきり突き立てる。

心臓に深々と刃が突き刺さった瞬間、柄を通じて「どくん！」と強い震えが伝わった。

その直後、槙さんはようやくはっとなって我に返る。

入れ替わるようにして今度は、利き手に伝わった生々しい感触に激しい嫌悪を抱いた。

やっぱり幻覚なんかじゃない。こいつ、本当に実在してるんだ……。

長い間、自分の正気を疑っていた気持ちが一瞬で吹き飛ぶほど、心臓を突いた感触は、生々しい現実味を帯びていた。

カーテンレールの上でぴくとも動かなくなった心臓を、突き刺した包丁ごと持ちあげ、フローリングの床上へ放り落とす。

気疎い面持ちで槙さんが凝視する中、やがて心臓はぶくぶくと赤いあぶくを立て始め、床上に溶けるようにして消えてしまった。

翌日から、槙さんの部屋に心臓が現れることはなくなった。

二日、三日、一週間と、注意深く様子をうかがい続けたが、あの薄気味の悪い鼓動が聞こえてくることさえ、まったくなくなった。

もう大丈夫という確信を抱くと同時に、ようやく安堵《あんど》と解放感を覚えたという。

心臓に包丁を突き立ててから、十日余りが過ぎた頃だった。

夜、仕事を終えて帰宅し、自室でくつろいでいたところへ玄関のチャイムが鳴った。宅配便かと思ってドアを開けると、制服姿の警官がふたり立っていた。

「夜分、大変恐れ入りますが……」を挨拶《あいさつ》代わりに、警官たちは語り始めた。

今日の昼過ぎ、槙さんが暮らす部屋のちょうど真上の一室から、中年男性の変死体が発見された。男性は独り暮らしの契約社員。一週間以上も無断欠勤が続いていたことを心配した同僚が部屋を訪ねてみたところ、寝室で絶命している彼を発見したのだという。目立った外傷はなく、死因はおそらく心臓発作か何かでしょうと、警官はつけ加える。

死因がはっきりしているのなら、何を聞きたくてうちに来たんだろう？

当惑し始めているところへ、警官が手にしていた茶封筒から数枚の写真を抜きだして、槙さんに見せた。とたんに口から「え」と、驚きの声が洩《も》れる。

茶封筒に入っていたのは全て、槙さんの写真だった。

それも近所のコンビニで買い物をしている姿を遠巻きに撮影したもの、マンションの駐車場から自室へ向かう様子を俯瞰《ふかん》視点で撮影したものなど、いずれも槙さん自身にはまったく身に覚えのない、無断で撮影された写真ばかりである。中には床上ぎりぎりの低位置からスカートの中を撮影した写真もあり、胃の腑《ふ》がぎゅっと強張《こわば》った。

「寝室の壁中に貼られていました。これまで何か不審なことはありませんでしたか？」

槙さんの顔色を窺《うかが》うようにして、警官が尋ねる。

「ありません」と答えると、警官たちは手短に礼を述べ、足早に去っていった。

一方、自室に独り取り残された槙さんは、その場でしばらく放心することになった。

槙さん自身は、自室の真上に暮らしていたという男について、くわしい素性はおろか、面識すらもろくにない。名前は今夜、警官たちから聞いて初めて知った。

そんな赤の他人から、ひそかに粘着的な執着を受けていたのかと思うと、寒気がした。

けれどもそれ以上に槙さんの心を凍《い》てつかせていたのは、男の死亡時期のほうだった。

それは槙さんが心臓に包丁を突き立てたあの晩と、ほとんど同じ時期に当たる。

もしも夜な夜な自室に現れていたあの心臓が、例の男の心臓だったとするなら――。

「それまでの経緯と結末を振り返ってみると、どうしてもそうだとしか考えられなくて。だからわたし、知らず知らずに人を殺してしまったかもしれないんです……」

たとえ真相がそうであったとしても、彼女に罪はないと思う。

けれども当の槙さんは、目にうっすらと涙を滲《にじ》ませながら「どうしましょう……」と、萎《しお》れて憔悴《しょうすい》するばかりだった。

招かれざる者

酒浸りになってしばらく経った頃から、入浴しながら本を読むのが習慣になった。以前は本が湿気を吸って傷むのを恐れ、試そうとすらしたことがなかった。けれども大概のことがどうでもよくなってしまった今となっては、何も気にならない。自分の金で買った本がどうなろうが、知ったことではないと思う。

二日酔いの朝やしこたま呑《の》んで眠る前など、熱めに焚《た》いた湯に肩までどっぷり浸《つ》かり、仕事場の本棚から適当に選んだ本を読みつつ、しばらく湯船でだらだらと過ごす。いざやってみると我が家の風呂場《ふろば》はそんなに湿気がこもらないのか、本がふやけたり、ぐにゃぐにゃになったりすることは一切なかった。

怪談本や心霊関係の本以外なら、気の向くままになんでも読んだ。登山や釣りをテーマにしたエッセイ。南米や中東など、海外の珍しい料理に関する本。昭和三、四十年代の秘境探検小説。江戸時代の風俗を解説した研究書。

己の日常とまったく関係のないことが書かれた本を読んでいると、アルコール並みに現実逃避ができて、これはこれで心地がよかった。一度味を占めると癖になってしまい、いつしか読書をしながら長湯をするのが日課になってしまっていた。

二〇一五年の八月初め。深夜遅くのことだった。

その日もいつものように仕事場で散々呑んだくれたあと、ぐらぐら回る頭で本を選び、湯船に浸かって読み始めた。

しばらく夢中で読み耽《ふけ》っていると、風呂場の中折れドアががちゃりと開く音がした。妻かと思って顔をあげたが、開け放たれたドアの向こうに妻の姿はない。

「自動ドアにでもなったかな？」

笑いながら視線を本へ戻した瞬間、湯船の中から紫色の長袖《ながそで》に包まれた細い腕が二本、獲物に喰《く》らいつく蛇のように飛び出てきた。

とっさに避《よ》けようとしたが、遅かった。腕は私の頭の両脇を挟むようにして摑《つか》むなり、強い力で首を曲げさせ、真正面に顔を向かせた。

「……あたし？」

目と鼻の先に、女の顔があった。長い茶髪をした、色の白い女だった。

どこかで見た顔だと思ったら、六月に新宿で追いかけられた、月川涙の顔だった。

だがどうして今頃になって、再び私の前に現れたのか。皆目見当もつかなかった。

「あたし？」

涙は、眉間《みけん》に渓谷のように深々とした縦皺《たてじわ》を幾筋も刻み、これ以上はないというほど悲愴《ひそう》な色を顔じゅうに浮かべながら、わけの分からないことを囁《ささや》いた。

「あたし？」

質問とも自問ともつかない涙の言葉に慄《おのの》いていると、涙は顔じゅうをさらに強張らせ、射貫《いぬ》くような目をしながら、私の額に自分の額をくっつけてきた。

とたんに稲妻を浴びたような衝撃が全身を駆け巡り、頭の中に無数の音と声と映像が、荒れ狂った洪水のように流れこんでくる。まるで涙の頭が決壊して、こちらの頭の中に中身が全部流れこんでくるかのようだった。

今まで感じたことのないおぞましさに悲鳴をあげて身体を振り乱すと、万力のように押さえこまれていた頭がふいに楽になった。目の前から涙の姿も消えている。

だがたった今、頭の中に入りこんできたものだけは、そっくりそのまま残っていた。

とんでもないことを知ってしまったと思い、熱い湯の中で身体がぶるぶる震え始める。けれどもきちんと確認しないことには、それがまだ事実なのかは分からない。

涙に摑みかかられた時の反動で、湯船の中に沈んでしまったぐずぐずの本を拾いあげ、ただちに風呂からあがる。

仕事場へ駆けこんで確認を始めると、すぐにそれが〝紛れもない事実〟なのだという裏づけがとれた。できれば信じたくなどなかったが、動かぬ証拠を見つけてしまっては、嫌でも信じざるを得ない。ショックと落胆の入り混じったため息が深々と漏れる。

小橋美琴。あの霊能師はまだ、月川涙の件に関わっているのだろうか。

もしもそうなら言わんこっちゃない。だからあの時、手を引けと言ったのだ。

私は今夜、月川涙の正体を知ってしまった。

それも望みもしないというのに、当の月川涙本人から真相を開示されるという形で。

涙は一体、何を望んで私にこんなことを教えたのだろうか。

美琴が手を引いたので、美琴に代わって真相を暴いてもらいたいということか。

道理を鑑《かんが》みれば、おそらくそのように考えるのが、妥当な解釈と言ったところだろう。

だが涙には大層申し訳ないが、あいにくこちらにそんな気などさらさらない。

そもそも美琴は現在も、例の一件に関わっているかもしれない。彼女があの一件から手を引いたという証拠は今のところ、どこにもないのである。

確認すれば、それはすぐに分かるのだろうが、わざわざそんなことをする必要もない。

私は部外者であって関係者ではない。だったら知ったことではない。

それに、美琴にはすでに「手を引け」と忠告もしている。あの時はまだ何も分からず、真面目な美琴を半ば皮肉るように言っただけだが、それでも言葉の意味に変わりはない。

だから私の役割はもう終わっているのだ。あとは全て自己責任ということになる。

思いなすなりウィスキーの蓋《ふた》を開け、私は再び酒を呷《あお》り始めた。

海より来たる

海辺の小さな町に暮らす、松田《まつだ》さんから聞いた話である。

ある時、松田さんの自宅から少し離れた防波堤に、化け物が出るという噂がたった。

防波堤で夜釣りをしている連中が、何人も目撃しているのだという。

化け物は、細身の身体に薄桃色をした襦袢《じゅばん》のようなものを着ているため、一見すると女のように見受けられる。ただ、首から上が人間ではない。

灰褐色の肌をした髪の毛のない頭部に、くちばしのように尖《とが》った口先。真っ黒な目玉。頭部は胸元から迫《せ》りだすようにぐんと突きだし、まるでイルカのそれだった。

イルカのような顔をした化け物は、夜の遅い時間になると防波堤の突端に忽然《こつぜん》と現れ、その場に無言で立ち尽くし、こちらに向かって黒い視線をじっと向ける。

化け物は釣り人に存在を気づかれると、目の前で煙のように姿を搔《か》き消すのだという。

松田さん自身はこの化け物を目撃したことはなかったが、実際に化け物を見たという当事者らに話を聞いてみると、彼らの証言は一様に生々しく、切迫した色が滲んでいた。

彼らの口ぶりや表情から推し量って、単なる妄想や集団パニックなどではないだろうと、松田さんも常々薄気味悪く感じていた。

化け物の噂が立ち始めて、二ヶ月ほどが過ぎた頃である。

この防波堤へ初めて夜釣りに訪れたある青年が、夜の海に落ちて行方不明になった。

湾の水深はそれほど深いわけでなく、潮の流れもゆるやかである。溺《おぼ》れること自体が珍しいロケーションだったし、遺体があがらないのはもっとおかしなことだった。

ただ、彼と一緒に夜釣りをしていた仲間たちは、彼の最期の様子をこう証言している。

深夜一時過ぎ、防波堤の片隅に座って釣り糸を垂らしていた彼が、突然「うん！」と明るい声をあげた。仲間たちが反射的に彼のほうを振り向いた瞬間、彼は墨色を湛《たた》えた黒々とした海面に、微笑みながら飛びこんでいった。

慌てて彼が落ちた場所へと駆け寄ったが、海面からわずかに浮かんで見える彼の顔は、瞬く間に防波堤から離れて湾を遠ざかり、物凄《ものすご》い速さで沖のほうへと消えていった。

その動きは、海中に潜む〝見えざる何か〟に引きずられていくようだったという。

不思議なことに、この青年が行方不明になって以降、防波堤で化け物を目撃する者は誰ひとりとしていなくなった。

化け物の噂が立ち消えてしばらく経った頃、馴染《なじ》みの飲み屋で土地の古老がぼそりと語ったひと言が、未《いま》だに松田さんの心に強く残っているという。

「思うにあの化げ物は、自分の気に入った婿ば選びさ、湾さ来てだんでねえのが？」

海へと消えた青年と、その後に続く化け物の消失——。

辻褄《つじつま》が合うだけに気味が悪いと、松田さんは語った。

白衣の天使たち

大学生の田村《たむら》さんが、両脚の複雑骨折で市内の総合病院に入院した夜のこと。

割り当てられた個室のベッドで寝入っていると、周囲に妙な気配を感じて目が覚めた。痛みと眠気で意識が朦朧《もうろう》とする中、重たいまぶたを開いた瞬間、のどから「ぎっ！」と軋《きし》んだ悲鳴が絞りだされる。

ベッドの周りに、というより狭い個室の中いっぱいに、若い看護師たちの姿があった。

看護師たちは田村さんの顔を一斉に見つめ、貼りついたような薄笑いを浮かべている。

まるで状況が呑《の》みこめずにいたところへ、看護師たちが田村さんの身体に一斉に群がり、首筋や二の腕、胸元、折れた両脚など、入院着から剝《む》きだしになっていた肌身に向けてことごとく唇を押しつけ、じゅるじゅると音をたてながら激しく吸った。

悲鳴をあげながら意識を失い、翌朝目覚めると、ひどい高熱と悪寒に見舞われていた。

何日経っても熱はさがらず、のちに精密検査を受けたところ、聞いたこともないような血液の難病に罹患《りかん》していたそうである。

死のう！


ＯＬの香恵《かえ》さんが、会社帰りにこんな体験をした。

ある秋の夜、いつものように薄暗い夜道を自宅へ向かって歩いていると、頭の上から突然、男の声で「死のう！」と叫ばれた。

見あげると、頬のこけた中年男が両目を剝いて嗤《わら》いながら、香恵さんの頭上めがけて真っ逆さまに落下してくるところだった。

とっさにうしろへ飛び退《の》くと、男の身体はそのままアスファルトの路上へ吸いこまれ、地面の中へ落下するように消えていった。

香恵さんは全速力で自宅へ逃げ帰り、翌日から通勤路を変えた。

鬼神の岩戸　破

六月の下旬に新宿の喫茶店で私と話をしたのちも、美琴は俊平の許《もと》へ通い続けていた。以下は二〇一五年の七月における、小橋美琴の動向である。

七月の初めに俊平と九回目の面会を終えた帰り足、美琴は再び片山さんと篠原さんの店を訪れ、経過を尋ねてみることにした。

美琴が思っていたとおり、両店でも涙の出現は収まらず、未だ継続中とのことだった。五月の下旬、三神さんの食堂に関する情報を開示した時から、おそらくどちらの店もまもなく事態が収束するのではないかと、密《ひそ》かに期待していたのだと思う。

けれども、それからひと月以上経っても変わらない現状に、この頃からふたつの店の依頼主は、しだいに顔色を曇らせるようになってきた。美琴に対する態度もどことなくつれないものになり、以前のような親しさが薄まった。美琴も経過を尋ねに訪れるのがしだいに憂鬱《ゆううつ》になり始めていく。

一方で、三神さんの食堂にも涙は現れ続けていたのだけれど、こちらの夫婦の態度は美琴が通えば通うほど、日に日によくなるばかりだった。

理由は多分、このふたりにとっては、今後も涙が現れ続けようが、現れなくなろうが、あまり関係ないからだろうと思う。それよりもふたりは、美琴が俊平の許を毎週訪れて話をしてくれるという状況に、すっかり満足しているようだった。

ただ、それは単に現状に満足しているだけであって、たとえば俊平が一日でも早く部屋から出られるよう美琴に協力してくれるとか、そういうことは一切ない。

少しでも俊平と話し合ってみませんかと提案したこともあったのだが、ふたりからは「お任せしてますから」などと断られ、それは当の俊平自身からも拒絶されてしまった。だから未だに親子の関係は、まったく修復されていない状態にある。

それでも夫妻が露骨に喜んでいるのは、美琴に任せてさえおけば、本来は自分たちが向き合うべき俊平という問題から、目を背けていられるからだろうと美琴は思っていた。あるいはもしかしたら、何かの弾みで美琴と俊平が交際関係にでもなって、地下室から俊平を連れだしてくれることを期待しているのかもしれない。

当の俊平自身も日に日に明るさを増し、美琴とますます気安く話をするようになった。けれども変わったのはただそれだけであり、肝心な自分の将来について俊平が前向きな言葉をだすこともなければ、そうした素振りを見せることさえなかった。

だから結局、四月の半ばに片山さんから初めての相談を受けて以来、状況は何ひとつ変わっていないということになる。「焦ってはいけない」と自分に言い聞かせながらも、それでも時折、胸が締めつけられるような息苦しさに悩まされることが多くなった。

外面的な状況にはまったく変わりが見られないその一方で、見えざる状況に関しては、大きな変化がひとつあった。

七月の半ばを過ぎる辺りから、美琴は数日おきに奇妙な夢を見るようになった。

夢の中で美琴は、俊平の部屋の中にいる。

実際に部屋の中を見たことは一度もないけれど、そこが俊平の部屋だと認識している。壁じゅうに並べられた大きな棚に、ビスクドールやマリオネット、市松人形や花嫁人形、女の子が遊ぶ着せ替え人形など、無数の人形たちがびっしり並んで飾られた部屋の中で、美琴は俊平と向き合い、何やら楽しいおしゃべりをしている。

夢の中の俊平は、顔立ちがぼやけてはっきりとしない。まるで頭からストッキングを被《かぶ》せられたように輪郭が歪《ゆが》み、目も鼻も口も薄く霞《かす》んで判然としない。

けれども笑い声が聞こえるので、俊平が笑っていることだけは分かる。美琴も一緒に笑っているのだけれど、笑いながらも心の中はそわそわして落ち着かず、まるで何かを気にしながら笑っているように感じられる。

笑いながら視界の隅にふと目を向けると、人形たちが並べられた大きな棚と棚の間の狭い隙間に涙が立っていて、憎悪のこもった眼差《まなざ》しで美琴をひたと睨《にら》み据えている。

そこで毎回、はっとなって目が覚める。

ただの夢に過ぎないとはいえ、あまりにも頻繁に同じ夢を見るため、気味が悪かった。お祓《はら》いをしたり、安眠用の御守りも作ってみたけれど、なんの効果も得られなかった。

夜な夜な夢の中で美琴を睨んでくる涙に対し、本物の涙が美琴の前に姿を現すことは、六月半ばの真夜中に起きたあの一件以来、一度もなかった。

あの後はしばらく、三神さんの食堂を始め、三つの店が並び建つあの近辺を歩くたび、再び涙に出くわしたらどうしようと内心怯《おび》えていた。だが、あれからひと月以上経った今のところ、美琴の前に涙が現れることはまだ一度もない。

夜中に首を摑《つか》まれて起こされた際に、涙が泣きながら言っていた「あたし？」という言葉には、果たしてどんな意味があったのだろう。

存在を認めてほしいという意味での「あたし？」なのか。

自分が何者なのか分からないという意味での「あたし？」なのか。

それとも自分が何かをしてしまったことに対する「あたし？」なのか。

顔じゅうを、切羽詰まったような悲愴《ひそう》の色に染めあげながら発していたひと言なので、何か大きな意味がありそうなことだけは理解している。

ただ、どれだけ考え続けても未だに答えが出てくることはなかった。

もう一度、涙と対面することがあれば、もっと違う言葉を話してくれるかもしれない。あるいは「あたし？」の意味が分かるような何かを話してくれるかもしれない。

そんなふうに思ったりもするものの、涙の発する凄《すさ》まじい迫力に当てられてしまった今となっては、正直なところ、美琴は再び涙と対面するのが怖かった。冷静な気持ちでコンタクトを図れる自信も相変わらずまったくない。

状況が変わらないものといえば、もうひとつ。

俊平の部屋から感じる、あの異様な気配にもまったく変わりはなかった。

七月の半ば頃に一度だけ、俊平の許可を得て、ドアの前でお祓いを試みたこともある。

俊平自身の心や体調にこれといった不調がないということで、美琴はそれまで一度も俊平に、自分が感じているものについての具体的な話はしてこなかった。ただ、一向に変わらない現状を鑑《かんが》みると、それもそろそろ限界だと感じた。多大な気後れをしながら、俊平に事の次第を説明したうえでのお祓いだった。

けれども効果は一切見られなかった。異様な気配は弱まることや変わることさえなく、結果的に俊平を不安な気持ちにさせてしまっただけだった。

それでもどうにかしなければと思い、魔除《まよ》けの御札を俊平に何枚か渡して（もちろん、手渡しではない。美琴がドアの前に御札を置いて帰り、あとから俊平が受け取るというやり方だった）部屋に貼ってもらいもしたけれど、こちらも効き目は一切なかった。

片山さんからの最初の依頼も含めれば、すでに三ヶ月も続けている仕事だというのに何も変えられない自分がほとほと情けなく感じられた。解決するまで、なんとしてでもがんばろうと思っていた気持ちもしだいに萎《しお》れ始めてくる。

このままではかえって、三軒の依頼主に対して迷惑なのではないかとも考えた。

そろそろ退《ひ》け時なのかもしれないと考えるようにもなる。

ただ、ここでやめれば、俊平を見捨ててしまうようで嫌だという気持ちもあった。

美琴は俊平に対し、異性として特別な感情を持っているわけではない。

美琴が俊平に寄り添う理由は、自分と似たような悲しさを俊平に感じてしまうからだ。これまでもイジメに関する相談を受けるたび、美琴は依頼主に対して同じ感情を抱いて、まるで我が身のことのように考え、悩み、寄り添うようにしてきた。

今回の件に関しても俊平に抱く感情は、ただそれだけのものである。

けれども、それにしてはどうしてあんな夢を見るのだろうと、美琴は戸惑ってもいた。夢の中で美琴が覚える実感では、単に仲よく語り合っているだけの光景とは思えない。まるで恋人同士のような甘い空気が、ふたりの間に漂っている。

だからこそ視界の隅で、涙が憎しみのこもった眼差しを美琴に向けるのだ。

美琴は俊平に対し、異性として特別な感情は決して持っていない。それは絶対である。ただ、俊平のほうは美琴のことをどう思っているのだろう。

もしかして、美琴のほうが俊平に気があるのだと、勘違いをさせてはいないだろうか。そうだとしたら、これまで自分がしてきた行動は軽率だったのではないかと思う。

こうした疑問も含め、美琴は今後の方針について大いに悩むようになっていた。

元の木阿弥

専業主婦の美津子《みつこ》さんからうかがった話である。

病気で他界した母の祥月命日に、菩提寺《ぼだいじ》へ墓参りに出向いた時のこと。墓へと向かって歩いていると、ふいに墓地の奥からざくざくと、地面の砂利を盛大に踏みしだく足音が近づいてきた。

なんだろうと思って顔を向けたとたん、ぎょっとなる。

なんと白装束姿の亡き母が、こちらへ向かって猛烈な勢いで駆けてくるところだった。母は顔中に恐怖の色を滲《にじ》ませ、墓石のひしめく狭い小路を駆けてくる。

美津子さんと目が合うと、母は一瞬、救いを求めるような眼差しをこちらに向けた。啞然《あぜん》となりながらも何か声をかけようとしたのだが、母は無言で顔を強張《こわば》らせたまま、美津子さんの真横を風のように通り過ぎていった。

一体これは、どういうことだろう……。

墓地の中を全速力で駆けていく母の後ろ姿を、茫然《ぼうぜん》と目で追っていた時だった。

再び墓地の奥からざくざくと、砂利を踏みしだく誰かの足音が聞こえてきた。振り向いた瞬間、心臓が止まりそうなほど驚いた。

今度は十年以上前に亡くなった美津子さんの父が、凄まじい形相で駆けてくる。母と同じく、父も白装束姿だった。けれども胸元がはだけ、生地も薄っすらと黄ばみ、全体的に薄汚れた恰好《かっこう》をしている。髪もぼさぼさに乱れ、目は赤く濁って血走っていた。父も美津子さんの真横を猛然と駆け抜け、母の背中を追っていく。

逃げる母と、それを追う父。その光景を見ているうちに、はっとなった。

それは幼い頃から何度も繰り返し見せられてきた、忌まわしい光景の焼き直しだった。

夜な夜な酒に呑《の》まれて我を失うたび、逃げ惑う母の背を追って殴り、蹴《け》り、叩《たた》き伏せ、執拗《しつよう》な暴力を繰り返していた父。そんな父の気性に母も美津子さんも生きた心地がせず、父が脳梗塞《のうこうそく》で急逝するまでの数十年間、日々の暮らしを怯えながら耐え忍んできた。

父が没したあと、ようやく平穏無事な暮らしが生まれ、母は心安らかな余生を送って静かに人生の幕をおろした。

だからもう、全ては遠い過去のことだと思っていたのに……。

やがて墓地の遠くから、久方ぶりに聞く母の叫び声が聞こえてきた。

忘れもしない。母が父から折檻《せっかん》されている時の痛々しくて悲しげな、あの悲鳴である。

父と母。同じ墓に入って以来、今日までこんなことが繰り返されてきたのか——。

卒然とそんなことが脳裏をよぎると、涙がこぼれて止まらなくなった。

母の遺骨を移す墓が他にあるでもなく、為《な》す術《すべ》は何もない。

墓地の中を逃げ惑う母の姿が脳裏に浮かぶたび、堪《たま》らない気持ちになるという。

やってやろう

松《まつ》さんが中学生の頃、祖父が交通事故で亡くなり、自宅で葬儀が執り行われた。

祖父は生前、事あるごとに松さんとひとつ年下の弟に絡んできては、理不尽な理由で怒鳴り散らしたり、ふたりが泣くまでいびり倒すような人物だった。

だから祖父が亡くなっても松さんたち兄弟は、大した悲しさを感じなかった。むしろ、ようやく死んでくれたという思いのほうが強く、笑みがこぼれてくるほどだった。

葬儀の一切が終わり、初七日法要を終えた翌日のこと。

夕方、学校から帰宅したふたりは、自宅の奥座敷に組まれた祭壇の前で手を合わせた。

祖父を弔うためではなく、これまで溜《た》まりに溜まった不平不満をぶちまけるためである。

「おい、ジジイ！　今までよくもやってくれたな！　お前は絶対、地獄行きだぜ！」

「お前が死んで超嬉《うれ》しいよ、クソジジイ！　悔しかったら手でも足でもだしてみろ！」

家人が不在だったのをいいことに、遺影の祖父に向かって口汚く罵《のの》しりまくった。

翌朝、松さんと弟は登校中、認知症を患う老人が運転する車に撥《は》ねられ、ふたりとも全治三ヶ月の重傷を負った。

運転していた老人の顔は、死んだ祖父にそっくりだったそうである。

来世

棟本《むねもと》さんが通っていた高校の卒業アルバムに、奇妙な写真が掲載された。

卒業前、教室の黒板を背景にクラス全員が並んで撮影した集合写真。その写真の中で、辻本《つじもと》君というクラスメートの顔だけが、得体の知れない何かにすり替わっている。

楕円《だえん》形の細長い輪郭に、灰色の肌。髪の毛は一本もなく、両目はこめかみの位置まで大きく離れ、口はへの字を描いて半開きになっている。

卒業後、写真の異変に気づいたクラスメートの間でたちまち噂が飛び交い、辻本君も異変を知って気味悪がっていたそうだが、原因は何も分からないままだった。

それから三年後の夏場、辻本君が行楽地の渓流で溺死《できし》したという話を友人から聞いた。

その段に至ってようやく、棟本さんは件《くだん》の写真の意味が分かった気がしたのだという。

楕円形の細長い輪郭に、大きく離れた両目、への字を描いて半開きになった口――。

それは、正面から見た魚の顔と気味が悪いほど特徴が一致していた。

魚の顔と、渓流での溺死。

写真はまるで、辻本君の運命を暗示していたように思えてならないそうである。

およそ一割

二〇一五年の八月初旬。

仙台《せんだい》市内にある、小さな貸会議室を会場にして、ひとりでささやかな怪談会を催した。

私としては、公で催す人生初の怪談会だったが、開催のきっかけはひどいものだった。

ある日、自前のPCに貸会議室の事務所からメールが届いた。

私から予約の申し込みがあったので、正式な手続きをしてほしいとの連絡だった。

初めはなんのことやらまったく分からず、新手の詐欺か何かだろうと思ったのだが、鈍った頭を過去へと向かって巻き戻していくうち、少し前にしこたま酔っ払った勢いで怪談会でもやってやろうと奮い立ち、ネットで予約を入れていたことを思いだした。

なんのことはない。犯人は泥酔状態の私自身だったというわけである。

先方からもらったメールを読むと、一応今からでもキャンセルはできるらしいのだが、その場合はキャンセル料が発生してしまうらしい。たかだかの金額に過ぎなかったが、何もせずにただ金を払うというのも、なんだか割に合わない話だった。

だったらいっそのこと、少々準備に手間がかかっても正式に会場を借り受け、儲《もう》けで会場代ぐらいはチャラにしてやろうと腹を括《くく》ってみることにした。

わざわざご足労いただいた方々には大層申し訳ない話だが、これが二〇一五年八月に私が催した、あの怪談会における開催のきっかけと動機である。

ほとんど突貫工事で準備と宣伝を進めた割には、開催当日までに予約席は全て埋まり、追加席まで用意するほど来場者には恵まれた。

人前で改まって怪談語りをするなどしばらくなかったことなので、大勢の観客を前にどうなるものやらと不安はあったが、なんとかそこそこには語れたのではないかと思う。久々に人前で無邪気に怪談を語って、楽しいと感じた自分もまた意外に思われた。


怪談会が終わった翌日、昼過ぎのことだった。

催しに参加してくれた、知り合いの女性から電話が入った。

会場で幽霊を見たという、唐突な報告だった。

「郷内さん自身も気づいていたかもしれないし、言おうかどうか迷っていたんですけど、本番の間中、郷内さんのうしろにずっと、女の人が立っていたんですよ」

まるで秘密を告白するかのような細い声音で、彼女は言った。

会場となった会議室で、私は部屋の奥側に面する窓を背にして怪談語りをしていた。

会議室なので私の斜め後ろには、車輪のついたホワイトボードが置かれていたのだが、他に移動できる場所もなかったため、そのままにしていた。

このホワイトボードの裏側から女が半身を覗《のぞ》かせ、客席を見ていたのだという。

彼女が初めに気づいたのは、本番が始まって三十分ほどした頃だった。

客席側と向かい合って話をしている私の姿を見ていると、視界の端に違和感を覚えた。視線を向けると、ホワイトボードの裏側から上半身を斜めに突きだしている女が見えた。

「一瞬、お化けだ！　って思ってびくりとなったんですけど、お化けにしてはなんだか存在感が生々しくて輪郭もはっきりしているし、スタッフの人かなと思ったんです」

それから数秒ほどで、女はホワイトボードの裏側に身を引っこめたという。

ちなみに当日、怪談会のスタッフとして会場にいたのは、受付と物販を担当していた私の妻と、客の誘導や音響を担当していた芋沢《いもざわ》、館下《たてした》というふたりの男だけである。

妻はずっと会場入口付近の受付にいたため、ホワイトボードの裏側から出てきた女は妻ではないということになる。

とはいえ、女を目撃した当の彼女は、相手をスタッフと認識して一旦《いったん》は安堵《あんど》する。

「でも、それから十分ぐらいした頃かな？　また同じ女の人がホワイトボードの裏からぬっと顔をだしたんですよ」

二度目は顔だけ斜めにだして、それから再び数秒ほどでボードの裏へ引っこんだ。

その時、ようやく気がついたのだという。

「ホワイトボードの下側って、両端に細長い棒が二本、伸びているだけじゃないですか。だから裏側の様子も、下の部分は丸見えなんですよね。でもいないんですよ、女の人」

ボードの裏には白い壁が見えるばかりで、女の姿は影も形もなかったという。

気づいたとたん、背筋がぞっと冷たくなるのを感じたが、幸いにもその後は終演まで女が再び顔をだすことはなかった。会場に明かりがついてから、改めてボードの周りに隈《くま》なく視線を巡らせてみたが、やはり女の姿はどこにもなかったと彼女は語る。

「そうですか。こっちは自分のことで目いっぱいで、全然分かりませんでしたよ」

「わたしが見たのって、やっぱり幽霊なんでしょうかね？」

「さあ……でも、仮にそうだとしたら、怪談会の会場に出てくるような幽霊ですからね。そんなに悪い奴じゃないと思いますよ。せいぜい、ちょっとイタズラでもしてやろうと思ったぐらいのもんじゃないですか？　まあ、あんまり気にしないことです」

会が終わってから今に至るまで、差し当たって身辺に変わったこともないというので、笑い飛ばして話を締めることにした。

彼女もそれで一応、安心してはくれたようだった。

けれども話はこれで終わらなかった。

同じ晩、怪談会に参加した別の客からメールが入った。

会場で幽霊らしい女を見たという報告だった。

場所は同じく、私のすぐそば。本番中、私の背後に髪の長い若い女が立っているのが、ほんの一瞬だったがはっきり見えたのだという。

ぎょっとなって驚いているうちに、女は姿を消していたそうである。

さらに同じ日の深夜にも、別の客から同じような内容のメールが届いた。

私の左肩付近から若い女の顔が一度、ぬっと突きだすのを見たのだという。

次の日も、また違う来場客からメールが一通と、電話が一本入った。

メールのほうは、私の背後に浮かんでいた影が一瞬、女の姿に見えたというもの。

電話のほうは、身体が半透明に透けた女がホワイトボードの前に立っていたという。

出現場所と現れ方はいずれも異なってはいたものの、いずれの連絡も本番中の会場で得体の知れない女の姿を目撃したというものだった。

仮にこれが一件や二件の報告なら、そんなこともあるだろうね、ぐらいの感想で済む。

しかし、これだけ同様の報告が相次いでしまうと、のんきに構えてもいられなくなった。

あの日、会場を訪れた客はおよそ五十人。

そのうち、幽霊を目撃したという客は五人。

およそ、十人にひとり。規模こそ小さいものの、それでも全体の一割に当たる人間が、私の背後やその周辺に得体の知れない女を目撃しているということになる。

じかに報告が来たのは五人だが、実際に女を目撃した者はもっと多いのかもしれない。

そんなことまで思い至ると、笑い飛ばす気力さえ萎《しぼ》んで消え失《う》せてしまった。

一体あの日、私のそばには何者がいたのか。

考えるにつれ、日に日に気味の悪さが増していくばかりだった。

怪談会からちょうど一週間が過ぎた土曜の晩、会場の仕事を手伝ってくれた芋沢君が、我が家を訪れた。

芋沢君は二年ほど前から私と懇意にしている、三十代前半の青年である。怪談やら心霊やらに対する興味は人並み程度だが、なぜか私と馬が合って、彼はこうして定期的に我が家を訪ねて来る。

この日、芋沢君は泊りがけでやって来たので、妻も交えつつ三人で酒を酌み交わした。久々に楽しい雰囲気で杯を重ねていき、そろそろ日付けを跨《また》ぎそうな時間だった。

芋沢君が唐突に「そういえば」と口を開いた。

「この間の怪談会なんすけど、俺、もしかして生まれて初めて見たかもしれないっす」

「何をだ？」と尋ねる前に背筋がさわさわと涼しくなりだしたので、先に覚悟を決めた。

続く芋沢君の言葉に黙って耳を傾ける。

「本番中、確か一時間ぐらいした頃っすかねえ。郷内さんが話をしているすぐうしろを女の人が右から左に、すっと横切ってったんすよ。本当に一瞬だったし、左側に行った女にすぐ目を向けたんすけど、もう消えていなくなっちゃってたんですけどね」

でも一瞬だったが、確かに見たのだと芋沢君は語る。

「へえ、それはすごいな。いよいよ芋沢君も霊感デビューか。一瞬だったんだろうけど、どんな女だったか覚えてるか？」

他の目撃談はひとまず伏せ、あくまでも平静を装いながら芋沢君に尋ねてみた。

「んー、それが見えたのは本当に一瞬だったんすけど、でもなんか不思議なんですよね。一瞬だったんだけど、女の姿は割かしはっきり覚えてるんですよ」

髪が長くて、紫色のワンピースみたいなのを着てました。

首を捻《ひね》りながら、芋沢君が言った。

とたんに肌身がぞっと凍りつき、一気に酔いが醒《さ》めてしまった。


翌日、会場で女を目撃した全員に、同じ内容のメールを送った。

目撃した女の容姿について思いだせる限り、くわしく教えてほしいという内容で。

返ってきた五件のメールのうち、二件は単に〝髪の長い女〟という回答だった。

他の特徴はあまりくわしく覚えていないという。

もう一件の答えは、長い髪をしていて、黒か青っぽい色の服を着ていたという回答。

そして残りの二件は、長い髪に紫色の服を着ていたという回答だった。

一般的に人が幽霊の姿を想像したり、その姿を幻視したりする場合、紫色の衣服など思い浮かべることは稀《まれ》であろう。いや、むしろ皆無といってもよいのではないか。

ステレオタイプ的なイメージで白っぽい服装を思い浮かべるか、せいぜい黒や赤など、ストレートな色を想像するぐらいがぎりぎりだろう。

なんの理由もなく、幽霊に紫色の衣装を着せる者など、そうざらにいるものではない。

ならばいずれの回答者もあの日、同じ〝本物の幽霊〟を目撃しているという証《あかし》になる。

いや、正確には幽霊ではない。
月川涙という名のタルパである。もはや幽霊の正体は、彼女で疑いようがなかろう。
先日の風呂場《ふろば》の一件で打ち止めかと思っていたが、なかなかしつこいものだと思う。
けれどもやはり、これは私が関わることではない。頼るなら、小橋美琴を頼ればいい。
それが彼女の手に負える問題なのかどうかは、また別としても。
そんなことより、私にはやるべきことがあった。今夜もしこたま酒を呑《の》むのである。
幽霊の正体さえ分かれば、この話も打ち止めである。あとは一切関係ない。
頼むから、俺の周りにだけはもう二度と現れてくれるな。
投げ遣《や》りに思いつつ、私はその日も遅くまでボトルの中身を減らすことに腐心した。

その瞬間

ある晩遅くのことだった。

会社員の奈々《なな》さんが仕事を終え、地元の最寄り駅まで帰ってきた時のこと。

改札を抜けて駅舎を出ると、列車を降りた大勢の人影に混じって、見慣れたグレーの背広のうしろ姿が見えた。素性は知らないけれど、帰りの列車が同じになることの多い、中年男性の背中である。

奈々さんが月極《つきぎめ》で契約している駅の近くの駐車場に、同じくこの男性も契約していた。だから乗り合わせた列車が同じだと、自然と駐車場までの道筋も一緒になる。

この夜もいつもと同じように男性の背中を目に入れながら、駐車場へ続く狭い路地を付かず離れずの距離で歩いていた。

駐車場まで残り半分ほど、ブロック塀に囲まれた十字路の手前まで来たところだった。

男性が十字路を渡り始めた瞬間、ブロック塀の角から何やら黒い影のようなものが、男性に向かってぶわりと覆い被《かぶ》さるように重なった。

ほんの一瞬の出来事だったけれど、それは人の形をしていた。影の被さった男性は全身が真っ黒に染まり、まるで影絵のようになっている。

男性が十字路を渡りきり、路地のさらに先へと進んでいっても、影絵のようになった男性の暗さは一向に消える気配がなかった。男性の身体は街灯の真下を通った時でさえ、どす黒く染まったままである。

一体、どういうことだろう。不審に思いながらも、やがてふたりは駐車場へ到着する。相変わらず、全身がどす黒く染まったままの男性が、自分の車に乗りこむ様子を横目でうかがいながら、奈々さんも自分の車に乗りこむ。

と、次の瞬間だった。

突然、男性の車のエンジンが、怒り狂った猛獣のような音をがなり立てたかと思うと、物凄《ものすご》い勢いで駐車場を飛びだしていった。

奈々さんが唖然《あぜん》となって車中で固まる中、続けざまに「どおおおおおん！」という轟音《ごうおん》が遠くのほうで木霊《こだま》した。

恐る恐る車を走らせ、音がしたほうへ行ってみると、民家のブロック塀に男性の車が鼻から突っこみ、車体の前半分がぺしゃんこになっていた。

すぐに警察へ通報したが、翌日のニュースを見ると、男性は即死だったということが分かった。

「あの夜、わたしが見たのは〝とり憑《つ》かれる瞬間〟だったんでしょうか？」

奈々さんは、未《いま》だに自分が見たものが信じられないという。

独白

ゆるゆると、やられたんだゆるゆると。
なますのように刻まれて、あけびのように開かれて、あの世に心が吹っ飛んだ。
肉削《そ》げて、中から出てきた紅い花。
咲いた咲いた。血の花が。首花。泣き花。叫び花。痛みと一緒に開くんだ。
指から咲いた。脚から咲いた。顔から咲いた。腹から咲いた。
へそが抜かれた、するすると。水と油と血が噴いた。するするするする、白いひも。
露草みたい、青いひも。菜の花みたい、黄色い袋。鬼百合《おにゆり》みたい、ぶつぶつの。
あたいのお腹、花畑。あたいの身体、花畑。
お父の前で指飛んだ。お母の前で歯が飛んだ。お婆の前で目が飛んだ。
最後の最後に首飛んだ。みんなの前で首飛んだ。
けれどもあたいは死なないの。
お前らみんな、憎いから。
死ね死ね死ね死ねみんな死ね。死ね死ね死ね死ねみんな死ね。
死ね死ね死ね死ねみんな死ね。死ね死ね死ね死ねみんな死ね。

ゆるゆると、やってやるんだゆるゆると。
なますのように切り刻む。あけびのように切り開く。
肉削げて、中から咲かせる紅い花。
真っ赤な花を咲かせましょ。首花。泣き花。叫び花。痛みと一緒に開くんだ。
指から咲かす。脚から咲かす。顔から咲かす。腹から咲かす。
へそを抜くんだ、するすると。水と油と血が噴くぞ。するするするする、白いひも。
露草みたい、青いひも。菜の花みたい、黄色い袋。鬼百合みたい、ぶつぶつの。
こいつのお腹、花畑。こいつの身体、花畑。
お父の前で指飛ばす。お母の前で歯ぁ飛ばす。お婆の前で目ぇ飛ばす。
最後の最後で首飛ばす。みんなの前で首飛ばす。
だからこいつは死んじゃうの。
あたいがこいつを喰《く》らうから。
真っ赤な花を咲かせましょ。真っ赤な花を咲かせましょ。

■九歳の少女に憑依《ひょうい》した、己を〝悪霊〟と称する者が発した、歌のような文句。
少女は羽交い絞めにする父親の腕を軽々と振り払い、壁へと叩《たた》きつけてみせた。

吸ったから

二〇一五年の七月上旬。会社の仕事が終わった、午後の八時過ぎ。

会社員の藤木《ふじき》さんは、恋人の里穂《りほ》さんが暮らすアパートへ向かって、夜の県道に車を走らせていた。

会社からアパートまでは、ゆっくり走って三十分ほど。翌日は仕事が休みだったので、一晩泊めてもらう予定だった。

県道から郊外の住宅地に入り、アパートまであと十五分ほどの距離まで来た頃だった。ヘッドライトに照らされた前方の暗がりに、もやもやしたものが漂っているのが見えた。民家の門口から路上に向かって棚引いて来るそれは、色さえなければ単なる煙だった。ところが色は赤。それも血のような黒みを帯びた赤色をしていた。

一見して、住人が色のついた煙幕でも焚《た》いているのかと思った。構わずそのまま煙に向かって突き進む。

ところが煙の中に車が突っこんだ瞬間、藤木さんはぎくりとなって叫びをあげた。

車が煙を分断せず、窓を閉め切ったはずの車内に赤い煙が入りこんできたからである。車内がもくもくと赤一色で溢《あふ》れ返り、叫びをあげた藤木さんの肺も赤い煙で満たされる。

煙は鉄と腐った魚の肉が混じったような、すっぱい臭いがした。

噎《む》せこみながら窓を開けても、煙はわずかも消えなかった。前方の視界もさえぎられ、窓の向こうが何も見えない。仕方なくブレーキを踏んで、路肩に車を寄せる。

ひどい臭いに耐えきれず、車から飛び降りて車内の様子を窺《うかが》っていると、煙はやがていくらの間も置かず、車の中で萎《しぼ》むようにして消えてしまった。

背後の路上を振り返ると、民家の門口から棚引いていた煙もいつのまにか消えている。

しばしその場で咳《せ》きこみながら、藤木さんは狐につままれたような心地に陥った。

ようやく咳《せき》が治まり、車内に異常がないことを検《あらた》めると、藤木さんは気を取り直して里穂さんのアパートへ再び車を走らせた。煙の臭気は鼻の奥や肺の中にまだ残っていて、時々嘔《え》吐《ず》きそうになったが、アパートが見える頃には落ち着いた。

駐車場の定位置に車を停め、外階段を駆け上って里穂さんの部屋のチャイムを鳴らす。すぐに部屋の中から「はーい！」と明るい声が聞こえ、中から里穂さんがドアを開けた。

「よお。こんばんは」と挨拶《あいさつ》し、玄関口にあがりこむ。

靴を脱ぎながら、先刻の赤い煙について何かを語ろうとしかけた時だった。

ふと顔をあげると、目の前に里穂さんが棒立ちになって、藤木さんを見つめている。

両目はかっと大きく見開かれてわなわなと震え、眉毛《まゆげ》はハの字になってさがっている。眉間《みけん》には海溝のように深い皺《しわ》が、幾筋も列になって刻まれていた。

「どうした？」と藤木さんが尋ねた直後だった。

目の前の足元で突然、ざあああっと雨のしたたるような水音が聞こえた。

視線を下に向けると、スカートを穿《は》いた里穂さんの足の間から、紐《ひも》のように細い水が床に向かって流れ落ち、棘《とげ》のような飛沫《しぶき》を立てながら水たまりを作っていた。

彼女が失禁したのである。

ぎょっとなって、再び「どうした！」と声をかけようとした瞬間。

「きゃあああああああああああああああああああああ！」

藤木さんの声よりも早く、里穂さんの口から鋭い悲鳴が高々とあがった。

「なんなの！　なんなの！　なんなのなんなのなんなの、イヤぁぁぁぁぁぁぁぁぁ！」

飛ぶような勢いで背後へ身を引き、里穂さんがわけの分からない叫びをあげる。

「なんだよ、どうした？　どうしたっていうんだよ！」

里穂さんの尋常ではない怯《おび》えぶりに藤木さんも恐ろしくなり、思わず声が高くなる。

「お婆さん！　お婆さん！　お婆さんだよぉ！　うわあぁぁぁぁぁぁぁ！」

魂が引き裂かれたかのような大絶叫を絞りだし、里穂さんは大粒の涙をこぼしながら、藤木さんの肩口を指差した。「え？」と思って、背後を振り向いて見たが、誰もいない。

再び前へ向き直ると、里穂さんは床の上にへたりこんで嗚咽《おえつ》を漏らしていた。

そこから先は、何を語りかけても無駄だった。

里穂さんは子供のように泣きわめき、介抱しようとする藤木さんの手さえ振り払って部屋の隅でがたがた震え、最後には藤木さんに「帰って！」と言い放った。

時間も遅かったし、騒ぎが長引くと他の部屋の住人に不審がられることも懸念された。理由も呑《の》みこめないまま、「ごめんな」とだけ言い残し、藤木さんは里穂さんの部屋をあとにした。

それでも里穂さんの常軌を逸した様子は、とても気掛かりだった。自宅へ帰ったのち、藤木さんは里穂さんに「大丈夫？　何があったの？」とメールを入れてみた。

するとすぐに返信が来た。短いメールの文面に、藤木さんはぞっとなって凍りつく。

顔が　血まみれのお婆さんになってた　どうしてあんな顔になってたの？

そんなことは知らない。まったく覚えがない。すぐさま「知らない！」と返信したが、里穂さんからメールが返ってくることはなかった。

その翌日以降も、里穂さんとの連絡はとれなかった。電話もメールも一切応答はなく、登録していたＳＮＳのページも数日以内には閲覧できなくなってしまった。

結局、別れの言葉も何もないまま、ふたりの関係は自然消滅してしまった。

不審過ぎる彼女の態度に藤木さんは当初、血まみれのお婆さんの話など実は作り話で、自分と無理やり別れるために、彼女がでっちあげたものなのではないかと考えた。

ところが会社の同僚たちにこの話をしてみたところ、即座に「それは違うと思う」と、一斉に否定の言葉が返ってきた。

ありもしないお化けの話をでっちあげ、無理やり別れに持っていくというだけならば、彼女は悲鳴をあげたり、怯えるなど、単にそれらしい演技をすればいいだけの話である。わざわざ藤木さんの前で小便を漏らすまで、やる必要があるだろうか？

——まともな女性が意図してそんなことをするなんて、ありえないだろう？

それが同僚たちの下した結論だった。

第三者の立場から指摘を受け、藤木さん自身も確かにそうだと思った。

それから数週間が過ぎた頃、自宅で夜のニュースを見ていた藤木さんは愕然《がくぜん》となる。

里穂さんのアパートの近所の民家から、老婆の変死体が発見されたという報《しら》せだった。

老婆の遺体は死後数ヶ月が経っており、遺体に外傷があったことから、殺人事件として捜査が進められているという。

ニュースの映像に映っていたのは、門口から赤い煙が漂っていた、あの民家だった。

事の次第を呑みこむなり、藤木さんはトイレに駆けこみ嘔吐《おうと》した。

「僕が〝あれ〟を吸ったから、彼女には僕の顔がお婆さんに視えてしまったんですかね。でも、どうなんでしょう？　お婆さんは今でも僕にとり憑いていませんか？」

それが気になり、老婆の顔をした藤木さんは、私の仕事場を訪れたのだった。

終わりへ向かう痛みⅡ

藤木さんの顔にとり憑《つ》いた老婆を祓《はら》い落とした同じ晩、またぞろ背中が激しく痛んで、市街の総合病院へ担ぎこまれた。

結果は前回とまったく同じ。検査を受けても身体のどこにも異常は見つからなかった。前回、病院へ担ぎこまれてから約三ヶ月。その間にも魔祓いや憑き物落としのたびに大なり小なり背中は痛んで往生させられていた。

一方、先祖供養や土地祓い、健康祈願など、その他における加持祈禱《かじきとう》全般に関しては、どれほど拝んでも背中が痛むことは一度もなかった。

対象にプラスの作用をもたらす拝みではなく、攻撃や排除に類する拝みをおこなうと、時間を置いてかならず背中が痛みだす。

やはり間違いなく、原因は魔祓いと憑き物落としにある。そう断じざるをえなかった。未《いま》だに原因は何も分からなかったが、結末はそろそろ訪れそうだと感じ始めてはいた。あと一週間もしないうちに、お盆が来るからだ。

その時に、件《くだん》の声が私に告げること。それが全ての答えとなって、結末にもつながる。慄《おのの》きながらも思いなし、私は不安に駆られながらお盆の到来を待ち始めた。

嬉しい報せ

飲食店に勤める貴子《たかこ》さんから、こんな話を聞いた。

中学時代。日暮れ前に帰宅し、茶の間で独り宿題をしている時だったという。

「カニも刺身もいっぱい食えるよ！」

背後のガラス障子が開いたかと思うと、見たこともない男の子が茶の間へ入ってきた。

「エビの天ぷら！　茶碗蒸《ちゃわんむ》し！　メロンに饅頭《まんじゅう》！　いっぱいいっぱい食えるんだ！」

八歳ぐらいの子だった。にこにこ笑顔でおかしなことを叫びながら、貴子さんの座る座卓の周りをばたばたと、おどけた足取りで駆けずり回る。

「あとね、あとね、あとね！　これ大事！　これ大事！　これ大事！」

唖然《あぜん》とする貴子さんのそばへと駆け寄り、耳元へすっと顔を近づける。

「お寿司《すし》ぃぃー！　お寿司だぁー！」

鼓膜が破れそうな大絶叫に、驚きと怒りが同時に沸き立った。

「こらっ！　あんた一体誰なのよ！」

すっくと立ちあがり、上から男の子を睨《にら》みつける。

「マグロとイクラとホタテとね！　それからのり巻き、いっぱいあるぞー！」

貴子さんの叱責《しっせき》もまるで意に介さず、男の子はなおも笑顔で叫び続ける。ひとしきり叫ぶと茶の間を飛びだし、今度は廊下をばたばたと走り始めた。

「待ちなさい！」貴子さんも、すかさずあとを追いかける。

「食えるぞ！　食えるぞ！　食えるぞ！　もうすぐみんな食えるんだあぁー！」

きんきん声をまき散らしながら男の子は廊下を突っきり、仏間の障子を開け放った。

「いい加減にしなさいよ、もう！」

仏間へ踏み込む男の子の襟首を摑《つか》もうとしたが、すんでのところで取り逃がした。

貴子さんの手をかわした男の子の身体が、仏間の畳の上からぽーんと宙に飛びあがる。

次の瞬間、貴子さんの口があんぐりと開いた。

仏間に設《しつら》えられた神棚の中へ、男の子の身体が吸いこまれるように消えていった。

と、その場にしばらく呆然《ぼうぜん》と立ち尽くしていたところへ電話が鳴った。母からだった。

「お父さんが今、会社で倒れて病院に運ばれたんだって！」

心筋梗塞《しんきんこうそく》だったという。その日のうちに父は帰らぬ人となってしまった。

葬儀のあとの精進落としに出てきたお膳《ぜん》には、あの男の子が言った料理が全部あった。

吐き気と寒気を覚えた貴子さんは、結局ひと口も食べることができなかったという。

当時、ある新興宗教に入信した母が、神棚に祀《まつ》られていた天照大御神《あまてらすおおみかみ》の御札を処分し、教団特製の怪しげな御札に取り替えた時期の話だと、貴子さんは語ってくれた。

無慈悲な報せ

絹江《きぬえ》さんという六十代の女性から聞いた話である。

ある日の夕方、絹江さんは近所のスーパーへ買い物に出かけた。

目ぼしい食材や生活用品をカゴに入れ、レジへ向かおうとしていた時だったという。

店内のスピーカーからふいに、若い女性の声でこんな放送が流れた。

「ご来店中の皆さまにご案内申しあげます。このたび当店では、社会貢献の一環として日本の高齢化問題における、人口の間引きを推進する活動を始めさせていただきました。地元に暮らす高齢者の数を少しでも減らし、より快適な地域生活を築く大切な活動です。なお、この活動は現在、当店にご来店いただいているお客さまの中で、七十五歳以上のお客さま、全てが対象となっております。すみやかに皆さまの天寿が全《まっと》うされますよう、精一杯努めさせていただきますので、何とぞご理解とご協力をお願いいたします」

明るく流暢《りゅうちょう》な声風《こわぶり》で淀《よど》みなく言い切ると、店内放送は唐突に終わった。

一連の流れがあまりにも自然なものだったため、少しの間、理解が遅れる。頭の中で再び放送内容を反芻《はんすう》していくにつれ、ようやく状況を把握するに至った。

悪ふざけにもほどがある。こんなものを聞いて、喜ぶ人などいるのだろうか。

怒りよりも不快感のほうがむしろ先立ち、顔をしかめながら店内の様子を見渡す。

ところが周囲の客たちは顔色ひとつ変えることなく、買い物を続けている。

さすがに信じ難い気持ちとなり、たまたま目の前を通った同年代の女性へ声をかけた。

「今の放送、なんなんでしょうねえ？　わたし、あんなの気持ち悪くて嫌だわ」

大仰に顔をしかめ、半ば縋《すが》りつくように女性の顔を覗《のぞ》きこむ。ところが女性のほうは、怪訝な顔で「はあ……」と生返事をするなり、その場を足早に去っていってしまった。

レジで精算をしている最中、店員に事の真意を問い質《ただ》すことはしなかった。

周囲の反応と照らし合わせ、自分にしか聞こえなかったのだと得心したがゆえである。

妙な騒ぎになって、これ以上自分が恥をかくのもためらわれた。

もやもやとした気持ちを抱えながらも、絹江さんは大人しく家路に就いた。


それから十日ほどの間に、絹江さんの地元で葬儀が相次いだ。

絹江さんが把握している限りでも、その数は八件にも上る。

亡くなったのはいずれも、七十代半ばを超える高齢者だった。単なる偶然と考えればそれまでだったが、あの店内放送の内容を改めて思い返すと、心は落ち着かなくなった。

その後も地元では、不特定多数の高齢者が同じ時期に一斉に亡くなることがある。

身の危険を感じた絹江さんは、今では隣町のスーパーに通っているのだという。

喪の報せ

ＩＴ系の企業に勤める玲緒奈《れおな》さんは、就職以来こんな怪異に見舞われ続けている。

勤務中、数年に一度の割合で突然、穿《は》いているストッキングの色が変わるのだという。

季節や時間帯、場所などにおける一貫性はまったくない。

代わりに毎回共通している点が、ふたつある。

ストッキングの色は、決まって薄めの黒に変わるということ。

ストッキングの色が変わるとまもなく、玲緒奈さんの許《もと》へ身内や知人の不幸を報《しら》せる連絡が入るということ。

それはなんの前触れもなく、唐突に起こる。

元々穿いていたストッキングの色がベージュだろうと透明色だろうと、一切関係ない。

何色のストッキングを穿いていたとしても、はたと気づけば薄めの黒色に変わっている。

濃い目の黒いタイツを穿いていた時も、薄い黒に変わったことがある。

またストッキングの形状自体も、まったく関係ない。

パンツスタイルのリクルートスーツに合わせ、ベージュ色のショートストッキングを着用していた際も、同様の怪異に見舞われたことがあると玲緒奈さんは語る。

色が切り替わるタイミングは実に様々で、オフィスで机に向かっている時間を筆頭に、トイレに入って用を足そうとした瞬間、会社の同僚たちとランチを楽しんでいるさなか、ひどい時には取引先へ向かう途中の街中で発生したケースもある。

入社からおよそ半年後に最初の怪異は勃発《ぼっぱつ》し、この時は玲緒奈さんと小学校時代から交流のあった親友が、若年性の心筋梗塞で亡くなった。

夕方、同僚たちと社内のエレベーターに乗っているさなか、ふと自分の足元を見ると、ベージュ色のストッキングを穿いていたはずの自分の脚が、薄い黒色に変わっていた。

エレベーターから降り、玲緒奈さん自身も同僚たちも、しきりに首を傾げていた時に携帯電話へ親友の母親から訃報《ふほう》を報せる連絡が入った。

その後、二回目、三回目と同様の怪異に見舞われるに至り、玲緒奈さんはこの怪異を〝変則的な虫の知らせ〟と解釈するようになった。薄くて黒いストッキングの色合いは、喪服に合わせて着用するそれを、厭《いや》でも連想させられてしまう。

事の発端も原因もまったく不明だったが、そのように解釈せざるを得なかった。

入社から十五年が経った今に至るまで、ストッキングの怪異は合計六回発生している。先に述べた親友に始まり、玲緒奈さんと歳が近くて仲もよかった従姉妹《いとこ》、母方の祖母、父方の叔父《おじ》、取引先の課長、父方の伯母《おば》が、それぞれ異なる死因で亡くなっている。

厭な報せは今後も続くかもしれないと、玲緒奈さんは暗い面持ちで私に語った。

最後通告

二〇一五年八月十三日。焼けつくような炎暑のさなか、今年もお盆がやってきた。

拝み屋という仕事柄、毎年お盆の時期は、多忙を極める。

自家の墓参りを済ませた帰り、わざわざ改めて先祖供養を頼みに訪れてくれる常連客、地元へ帰省したついでに訪ねてくれる、都内や他県在住の常連客や一見《いちげん》客。

突発的な怪異に見舞われ、昼夜を問わず、血相を変えて訪れる緊急依頼の相談客。

それらに加えて、御守りの注文や電話相談の依頼も倍加するため、日が暮れ落ちても休む暇さえろくにないほど、日がな一日時間に追い立てられる。

先祖供養や帰省客の需要が増えるにしても、お盆は異様なまでに忙しいのである。

なぜにお盆は忙しいのか？

ひとえにそれは、雰囲気の問題も多分にあるのではないかと思う。

平素は視えざるものや、この世ならざるものへの関心が薄い人々も、墓参りに赴いて墓地の方々で白々と漂う線香の煙を嗅《か》ぎこんだり、テレビの心霊番組を見ているうちに漠然とその気になって、自分の周囲に視えざるものたちの気配や息遣いを感じてしまう、あるいは求めてしまう。そういうことではないかと思う。

反面、冬場は総じて怪異に関する依頼が少なくなることが、その裏づけになっている。どうにもそんなふうに思えてならない。ただ、人というのは感情と感性の生き物だから、道理としては至極当然とも思える。

人は環境と雰囲気に影響を受けやすい生き物なのだ。

かくいう私も、同じである。毎年お盆の時期は、心が千々に乱れて落ち着かなくなる。とりわけ今年は、周囲に焦りの色を気取られてしまうほどに具合がひどかった。

もしかしたら、今年の声が最後の声になるかもしれない。

というよりも今年の声は、私が今生で聞く最後の声になるかもしれない。

声を聞いたら、私は死んでしまうのかもしれない。

そんな予感を覚えると、人の目を気にする余裕さえなくなってしまった。

日付けが変わってお盆に入った夜更け過ぎから、今年はずっと身構えていた。

できればそれを聞きたくないという気持ちと、果たしてどんなことを告げられるのか、それを絶対に聞き逃したくないという気持ちが、胸の内で相半ばしていた。

それに加えて、弥《いや》が上にも己の不幸や死を意識してしまう自分自身に苛立《いらだ》ちも感じた。

だが、どれだけ気持ちを前向きにしようと努めても、無駄なあがきにしかならなかった。

昨年告げられた「しんどう、いち」の続きとして頭の中に思い浮かんでくるフレーズは、どうがんばっても希望に満ちた明るいものにはならなかった。

——どうとでもなれ。今さら知ったこっちゃない。

春先の晩、酔いの勢いに任せ、投げ遣《や》りに吐きだしたひと言が脳裏に突として蘇った。

今さらながらそれが単なる虚勢だったことを、つくづく思い知らされる羽目になる。

いずれそうなるかもしれないにせよ、少なくとも今はまだ死にたくなかった。

周囲で聞こえる些細《ささい》な物音ひとつにさえも敏感になり、びくびくしながら声を忌避し、その一方では慄《おのの》きながらも、声が聞こえてくるのを私はじっと待ち続けた。


お盆に入って三日目、十五日の昼下がり。

日村利明《ひむらとしあき》さんという以前からの相談客が、小学生の娘ふたりを連れて仕事場を訪れた。

昨年の八月、利明さんは妻のほのかさんを膵臓癌《すいぞう》で亡くしている。

三十六歳という、あまりにも早過ぎる旅立ちだった。

私も生前のほのかさんとは、仕事を通じて付き合いがあった。利明さんの妻としても、
ふたりの娘の母としても、そしてひとりの女性としても、彼女は強くて優しい人だった。

どんなにつらい時でも柔和な笑みを絶やさず、最期まで明るく気丈な人として振る舞い、
あくまで強くて優しい人として、彼女は静かにこの世を去っている。

そんなほのかさんの供養を望んで、利明さんと娘たちは我が家を訪ねて来たのだった。

仕事場の祭壇を前に経をあげていると、時が経つのはなんと早いものだろうと感じる。

特にこの一年はいろいろなことがあり過ぎて、瞬く間に過ぎていった感がある。

けれども同時にこの一年間、私は一体何をしてきたのだろうとも考える。

特にこの半年余りは酒に溺《おぼ》れ、目の前の現実からひたすら逃げ続けているだけである。

半年前から時間を遡《さかのぼ》っても、己のタルパを殺してしまったり、己の裁量を過大に超える難題に取り組んで身体を壊してみたりと、やっていることはいずれも愚かなことばかり。改めて冷静に振り返ると、ますます自分が卑小で無価値な存在に感じられてくる。

どうにかほのかさんの供養を終え、利明さんたち父娘《おやこ》を玄関先まで見送るさなかにも、利明さんから「お身体は大事にしてくださいね」などと声をかけられ、情けなくなった。

この日はそれなりに気を張って仕事に集中していたつもりだったのに、利明さんから見た私の姿は、そんな言葉をかけねばならぬほど、ひどい有り様に映っていたのだろう。「大丈夫ですよ」と応《こた》えたものの、信じてもらえたとは到底思えない。

利明さんたちを見送って再び仕事場へ戻り、いつもの座卓の定位置へ腰をおろす。時計を見るとまだ午後の三時過ぎ。四時からは次の相談客が来ることになっていたし、夜は夜で電話相談やら御守り作りやらで寝る間もないほど忙しい。

だが別によかろうと思った。傍らの小物入れからウィスキーのボトルを引っ張りだし、座卓の上にどんと置く。全部キャンセルすればよいのだ。

堕《お》ちるならとことん堕ちてみるのも一興である。今さらまともに戻れるとも思えない。だったら堕ちるところまで堕ちてやる。こんな仕事もやめてやる。

胡乱《うろん》な笑みをこしらえながら、ボトルのキャップに手をかける。

「しんどう、ぜろ。これでおしまい」

すぐ真後ろで声がした。

弾《はじ》かれたように振り返ると、目と鼻の先に顔があった。

顔は雨垂れに濡《ぬ》れたガラスを通して見るように、輪郭が潤んで仔細《しさい》が分からない。

だが、ようやく視えた。事の始まりから十三年目にして、とうとうこの目で声の主を確認している。一体こいつは、何者なのだと思う。

顔には身体がついていなかった。髪も耳も、首さえもない。ただ、顔の輪郭ばかりが面のように切り取られ、目の前の宙に細部を潤ませながら、ふわふわと浮かんでいる。

「……なんなんだ、お前は？」

かすれた声で尋ねたとたん、潤んだ顔の表面がざわざわと波立ち始めた。

呆気《あっけ》にとられながらも目を瞠《みは》っていると、しだいに輪郭がはっきりと見え始めてくる。

否、見え始めてきているというより、でき始めているといったほうが正しそうだった。

どろどろに潤んで、目鼻の位置ぐらいしか分からなかった顔面がざわざわと波打ったび、まるで部品が内側から迫《せ》りだしてくるかのように、くっきりとした仔細を帯びてくる。

まず、目ができた。仔鹿のようにつぶらで、若干黒目がちな大きな瞳《ひとみ》。

続いて鼻が整う。小ぶりな鼻筋に、丸みを帯びた鼻頭。

鼻の下に口が開かれ、上下に小さな唇が、ぷくりとつまやかに浮かびあがる。

全てができあがると、顔は私に向かってたおやかな笑みを浮かべてみせた。

細めたまぶたの内側で、大きな瞳が黒い真珠のようにきらきらと輝く。それは私にとって生涯忘れることのない、あまりにも懐かしく、印象的な笑みだった。

桐島加奈江。私のタルパ。

私が殺してしまったタルパ――。

間違えようもない。目の前にできあがって浮かんでいるのは、桐島加奈江の顔だった。時間にすればほんの一瞬、おそらく一秒にも満たない刹那《せつな》、私はおそらくためらった。だが次の瞬間には身体が勝手に動き、口から叫びがあがっていた。

「ふっざけんなッ！」

五本の指を鉤《かぎ》のように捻じ曲げた右手にありったけの力をこめ、目の前に浮かぶ顔に向かって思いっきり叩《たた》きつける。指が顔中に深々と突き刺さったとたん、それはまるで泡が弾けるように、音も立てずに霧散した。

自分の発した怒声に、鼓膜がじんじん震えていた。顔は火に巻かれたように熱くなり、気づけば身を震わせながらぜえぜえと、肩で荒い息をしていた。

「……大丈夫？」

私の声に驚いたのだろう。仕事場の障子戸を少し開け、妻が不安げな顔を覗《のぞ》かせた。

「なんでもない。自分と話してただけだ」

適当に答えてその場を取り繕うと、妻は無言で廊下を引き返していった。

座卓の上に上体を突っ伏し、今しがた見たものと起きたことを整理する。

確かにあれは加奈江だった。けれども本物ではない。そんなことはすぐに分かった。

問題は〝どうして加奈江だったのか〟ということだった。

十三年もの間、コソコソと声だけで人に嫌がらせをし続けてきた視えざる誰かさんが、ようやく姿を見せてくれたかと思えば、まさかの他人のなりすましである。

やり方があまりにも姑息《こそく》でえげつない。どこまで根性が腐っていやがるのだろう。

だが、なりすまそうとした相手が悪過ぎた。

それだけは、絶対に選んではいけないカードだったのに。

逆鱗《げきりん》に触れるとはまさにこのことだった。化け物相手に生まれて初めて殺意が湧いた。

おかげさまで不可抗力とはいえ、即座に片をつけることができた。

正体を見極めないまま消してしまったことについては、多少、悔やまれはしたものの、そんなことよりも勝利に沸き立つ興奮と安堵《あんど》のほうが大きかった。

「それで？　何がゼロで、何がおしまいなんだ？　この化け物が！」

身体のどこにも異変は起きてこなかったし、起ころうとする気配すらも感じられない。

十三年も人を焦《じ》らしておいて、なんともお粗末なオチではないか。

同時に、こんな卑小なものに長年怯えさせられていたのかと思うと、バカバカしさも一入《ひとしお》だった。貴重な時間を返せと思う。

そんなことを考えているうちにやがて四時からの相談客が訪れてしまい、座卓の上にだしたウィスキーを泣く泣く引っこめる羽目になる。本当に今日は厄日だった。

翌日以降も、心身ともになんら異変は感じられず、仕事に追われて喘《あえ》いでいるうちに気づけばお盆も終わっていた。

お盆の間、魔祓《まばら》いや憑《つ》き物落としが必要な相談事も何件か手掛けたが、背中に生じる痛みはいつもとまったく同じで、特に大きな変化は見られなかった。

結局、「なんだったのだろう？」という疑問ばかりが残る。背中の痛みの件と同じく、長年続いた声についても道理は何も分からなかった。

昨年末から鋭くなった勘も、自身にかかわる問題についてはまるでからっきしだった。声の主の素性が何者だろうが、結果としては苦もなく相手を潰《つぶ》しおおせているのだから、問題自体はおそらく解決しているはずなのだ。けれども道理がはっきりしていない以上、いまいち納得することはできなかった。なんとも厄介な幕切れである。

もどかしさと苛立《いらだ》たしさに悶々《もんもん》と苛《さいな》まれながら、私は残る八月を気忙《きぜわ》しく働き続けた。

百回記念

角田《つのだ》さんという三十代前半の男性は、根っからの心霊スポットマニアだった。

地元で噂が囁《ささや》かれる廃墟《はいきょ》や自殺の名所には全て行き尽くしていたし、ガイドブックやインターネットの情報を参考に、隣県の心霊スポットもほとんど全て制覇している。

実際、現場で何かを視たり聞いたりすることはなかったが、雰囲気自体が好きだった。

長期の休みがとれた時などは、遠く北海道や九州までも遠征し、各地で有名どころの心霊スポットを泊りがけで回り歩くほど、角田さんは熱心だった。

およそ七年間で、百ヶ所の心霊スポットを巡ったという。

けれども角田さんの記録は、百ヶ所目で終わりになってしまった。


昨年のお盆過ぎ、角田さんが最後に向かったのは、ネット仲間から情報を聞きつけた、関東方面のさる廃旅館だった。その昔、若い女性が暴漢たちに連れこまれ、乱暴の末に殺害されたとされる旅館である。

本来は、情報を提供してくれたネット仲間と一緒に旅館を探索する予定だったのだが、直前になって相手の都合が悪くなり、仕方なくひとりで現地へ向かうことになった。

夜更け過ぎ、地図を頼りに車で現地へ到着してみると、廃旅館は町外れの小高い丘の上にひっそりと建つ、いかにも出そうな雰囲気の建物だった。

懐中電灯を片手に玄関をくぐり、慎重な足どりで荒れ果てた廊下を進んでいく。みしみしと鳴り響く床板を踏みしめながら、やがて廊下の中ほどまで進んだ頃だった。

「わアぁーァあァ、オぉォめぇでとヲォーぉーぅウう」

ふいに廊下の先の真っ暗闇から、キーの壊れた素《す》っ頓狂《とんきょう》な女の声が聞こえた。思わず「え?」となって、すかさず目の前に懐中電灯をかざす。瞬間、視界が逆さにぐるりとでんぐり返って、廊下の床と天井の位置が百八十度入れ替わった。

初めは自分の身体が逆さ吊《づ》りにでもなったのかと思って焦った。だが違った。靴底にはしっかりと、廊下の床板を踏みしめる固い感触がある。

何度も目をしばたたき、両手でごしごし擦《こす》っているうちに、やがて視界は元に戻った。厭《いや》な胸騒ぎを感じた角田さんは、そのまま旅館を飛びだし逃げ帰ったのだという。

「その日からなんですよ。だんだん、だんだん、視力が弱くなってしまって……」

牛乳ビンの底のような分厚いレンズの眼鏡をかけ、母親に付き添われて私の仕事場を訪れた角田さんが、ぽつりと悲しげな声でつぶやいた。

心霊スポット巡り、百回目。廃旅館での一件以来、視力がみるみる落ちこんでしまい、今では視界に映る何もかもが白く煙って、ほとんど見えなくなったそうである。

おしるし

ある晩遅く。

大学生の樹里《じゅり》さんが、地元の友人たちと高校時代の先輩宅に顔を揃えていた時のこと。

ふとした話のはずみから、「心霊スポットに行ってみないか？」と先輩が切りだした。

場所は国道沿いの山中に位置する古びた廃トンネル。

トンネルが心霊スポットとして認知された時期や経緯については定かではなかったが、
地元では昔から「幽霊が出る」とまことしやかに囁かれ、それなりに有名な場所だった。

みんな暇を持て余していたし、他に楽しめそうな妙案が浮かぶ者もいなかった。

結局、その場にいた総勢五人のメンバーで、出かけることになった。

先輩の運転で深夜の国道から細狭い脇道へ入り、真っ暗闇の山中へと分け入る。

曲がりくねった山道をしばらく上っていくと、やがてヘッドライトの照らす向こうに
半円形の大きな暗穴がぽっかり口を広げて浮かびあがった。穴の周囲は繁茂した樹々の
枝葉に覆い尽くされ、一見すると洞窟《どうくつ》のようにも見える。

一行の誰もが初めて目にする、噂の廃トンネルの異様な姿だった。

トンネル内部は、車二台がどうにかぎりぎりすれ違えるほどのこぢんまりとした造り。しかし入口はガードレールで塞《ふさ》がれ、車での侵入はできなくなっている。

仕方なく入口の直前で車を停め、みんなで車外へと降り立った。

発案者の先輩を先頭にガードレールの端をすり抜け、恐る恐る内部へ足を踏み入れる。

急な話だったため、懐中電灯を持参する者は誰もいなかった。

「車のライトで中を照らしましょうよ」と、樹里さんが提案したのだが、「それじゃあ雰囲気が出ないだろ」と先輩がごねたため、ヘッドライトは消されることになった。

一行の行く手を照らす唯一の光源は、携帯電話のディスプレイが灯《とも》す脆弱《ぜいじゃく》な光のみ。自前の携帯電話を各々前方にかざし、かすかな薄明かりを頼りに真っ暗なトンネル内を慎重な足どりで進んでいく。

とはいえ、所詮《しょせん》は携帯電話の発する小さな光である。暗闇の中に自分の指先ぐらいは照らしだせても、周囲にはびこる濃い闇の前では無に等しいほど心許《こころもと》ないものだった。

固唾《かたず》を呑《の》みつつ、樹里さんが隣り合った女友達と肩を寄せ合い、歩いている時だった。

真っ暗闇のトンネル内が一瞬、真昼のように明るくなった。

「そういえば、この手があったんだよな」

再び暗くなった視界の前方で、男友達の明るい声が木霊《こだま》した。

直後にもう一度、トンネル内の光景がぱっと明るく浮かびあがる。

携帯電話のカメラに付属しているフラッシュ機能だった。

灯る時間はほんの一瞬だったが、光の威力は絶大だった。

乾いたシャッター音とともにフラッシュが焚《た》かれると、たちまち周囲が目映い閃光《せんこう》に照らしだされる。

トンネル内の異様な暗さに身を強張《こわば》らせていた樹里さんたちには朗報だった。

誰とはなしに一斉にフラッシュを焚き始める。

シャッター音が弾《はじ》けるたび、まるでコマ落としのように周囲が断続的に明るくなった。

くすんだ灰色のコンクリートにたっぷりと湿り気の宿った、古くて薄気味の悪い壁。

アーチ型のひび割れた天井。

不安と興奮の入り混じった表情を浮かべる友人たちの顔。

それらが漆黒の暗中に浮かんでは消え、浮かんでは消えを繰り返す。

しばらくフラッシュを使いながら、奥へと向かって歩いていた時だった。

樹里さんの隣を歩いていた女友達の口から、ふいに大きな悲鳴があがった。

ほとんど絶叫に近い、尋常ではない声色だった。みんなで彼女のほうへと振り向き、何があったのかと問いただす。

すると彼女は、震える指で携帯電話のディスプレイを樹里さんたちの眼前に向けた。

白々と照らしだされたトンネルの壁を背景に、見知らぬ老人と赤ん坊が写っていた。

フレームの大半を覆い尽くすほど大きく映しだされた、皺《しわ》だらけの老人と赤ん坊の顔。老人は肩から胸の半分までがフレームに収まり、赤ん坊の顔は老人の胸の真ん前にある。位置関係から察して、赤ん坊は老人の腕に抱かれているようだった。

ふたりはこちらに向かって大口を広げ、身の毛もよだつような笑みを浮かべていた。

写真を見てから、一瞬の静寂があった。

それから暗闇の中で誰かの悲鳴が高らかにほとばしり、それが合図となった。

その場にいた全員の口から、次々と悲鳴があがる。続いてトンネルの入口に向かって我先にと駆けだす、乾いた靴音の二重奏。

みんなの悲鳴につられ、樹里さんの口からも悲鳴が飛びだそうとしていた。

ところが声が喉《のど》へと振り絞られる寸前、口の中に奇妙な違和感が生じて声が止まった。上顎《じょうがく》と舌の間に生まれた、固くてつるりとした感触。口の中に何か妙な物が入っていた。暗闇の中で顔をしかめ、地面に向かって反射的に吐きだす。

それからようやく悲鳴をだすことができ、樹里さんも死に物狂いで入口を目指した。

帰りの車中、弾丸のような勢いで車が山道を下るさなか、車内は今しがた携帯電話に写った老人と赤ん坊の話題で騒然となっていた。

いかに現場が暗かったとはいえ、あんな老人と赤ん坊など間違いなく存在しなかった。時計を見れば、すでに深夜の三時過ぎである。トンネルの周囲に人家など一軒もない。そんなところに赤ん坊を抱いた老人が存在するなど、絶対にありえないことだった。

先輩や友人たちの口から次々と、老人たちの実在性が否定されていく。

半ば放心状態だった樹里さんも、気持ちが落ち着いてくると黙っていられなくなった。

なんでもいいから思ったことを話して、少しでも気を紛らわそう――。

そう思って口を開きかけた時、再び口中に異物感を覚えた。

今度は口元に手のひらをあてがい、静かにゆっくりと吐きだしてみる。


おはじきだった。


丸くて平たく、表面につやつやとした光沢を帯びたガラス製の小さなおはじき。

それが一枚、口の中に入っていた。

今度は悲鳴は出なかった。代わりに胃の腑《ふ》がずんと重たくなって、涙がこぼれた。

己が身に起きた異変を友人たちに知らせることも怖かった。今この場でこんな話題を口に出したら、何かもっと悪いことが起こるような予感をなぜか切々と覚えた。

樹里さんは吐きだしたおはじきをそっとポケットに忍ばせると、どうにか平静を装い、友人たちの話に混じった。


それからずっと、なのだという――。

およそ二日おきに、樹里さんの口からおはじきが吐きだされるようになった。

大学の授業中、休み時間の談笑中、大学からの帰宅途中、バイト中、食事中、入浴中。時も場所も選ばず、はたと気づけば樹里さんの口中におはじきが忽然《こつぜん》と湧き続けた。

そんなことが、もうすでに半月あまりも続いているのだという。

「本当に、どうしたらいいのか分からなくて困っているんです――」

嗚咽《おえつ》まじりの震え声で私に現状を訴えるさなかにも、樹里さんの口からはおはじきがまた一枚、ぽろりと小さく吐きだされた。

贈り物

「心霊スポット、行ってみたい」

数年前の週末の深夜。酔いの勢いと気まぐれにまかせ、呑み会の席で発したひと言。

そのひと言を、汐海《しおみ》さんは未《いま》だに後悔し続けている。


仲間内で行きつけにしていた、地元の小さな居酒屋。二十時頃から始まった酒宴には、汐海さんの他、彼氏の本木《もとき》さんと、数名の友人たちが顔を揃えていた。

酒が進んで酔いが回って、場が盛りあがり、やがて時刻も日付けを跨いで夜も深まり、楽しい酒宴もそろそろお開きムードになりかけていた頃だった。

ふとしたはずみから、友人のひとりが怪談話を始めた。

内容自体は友人の従兄弟《いとこ》が、深夜の自宅内で奇妙な人影らしきものを目撃したという、いかにもありきたりなものだった。

ただ、なんとなく耳を傾けて聞いていると、友人の語り口は思いもかけず巧みだった。

不気味な余韻を残す彼の語りによって、半ば萎《しお》れかけていた場の空気は再び盛りあがり、他の友人たちも次々と自前の怪談話を披露し始める。

そうした流れの中での、ひと言だったのだという。

「心霊スポット、行ってみたい」

あいにく、友人たちに語れるような怪談のタネを汐海さんは持ち合わせていなかった。けれども酒席が怖くて楽しい空気に染まっていく中、自分も話の中心に加わりたかった。折しも閉店時間が押し迫る頃だったので、気の利いたアイデアだと思った。

理由らしい理由といえばただそれだけの、勢いまかせの提案だった。

しとどに酔っていたことも手伝い、彼氏の本木さんも、友人たちもこの提案に乗った。

目的地として定まったのは、隣町の山中に位置する古びた一軒の廃屋だった。

現場を知っている友人曰《いわ》く、夜中に肝試しに行った連中が内部で白い人魂《ひとだま》を見たとか、女のすすり泣く声を聞いたといった噂の絶えない場所なのだという。

いつも呑み会の帰りに運転手として使っている後輩に連絡を入れ、迎えにやって来た後輩のバンへと乗りこむ。これから廃屋へ向かう旨を伝えると後輩は露骨に嫌がったが、強引に説き伏せ、無理やり車を発進させた。

深夜の国道を三十分ほど走ると、やがて前方に黒々と染まった山の稜線《りょうせん》が見えてきた。そのまま山の中へと分け入り、緩やかなカーブを描く坂道を上っていく。

細い脇道を何度か折れたりしながらしばらく進んでいくと、やがて道のどん詰まりに件《くだん》の廃屋とおぼしき建物が見えてきた。

みんなで車を降り、前方の暗闇にぼんやりと浮かぶ建物へまじまじと目を向ける。

建物は汐海さんの予想に大きく反し、鉄筋コンクリート製の無骨な構えだった。

四角い造りの平屋建てで、前から見た横幅は二十メートルほど。正面側の右端辺りに分厚いガラス製の玄関戸があり、その隣には四角いガラス窓が等間隔で並んでいる。

壁は古びて汚れた灰色をしていて、あちこちに枯れた蔦《つた》が貼りついて絡み合っていた。ガラスは何枚か粉々に砕かれて、窓枠の向こうから黒一色の闇が覗《のぞ》いている。

〝廃屋〟と聞いていたから、てっきり木造民家のような造りを想像していたのだけれど、目の前に建つそれは、何かの会社か病院のような雰囲気に感じられた。

廃屋を紹介してくれた友人に「これってなんの建物？」と、水を向けてはみたものの、当の友人も「そこまでは分からない」と頭《かぶり》を振るばかりだった。

会社か病院のように見える割には、建物の外壁や敷地の中に看板なども見当たらない。閉鎖に伴い撤去されたのかもしれないけれど、名前を失《な》くして素性を隠蔽《いんぺい》された建物は、まるでそれ自体が幽霊のように感じられ、汐海さんは少しだけ怖気《おぞけ》を感じた。

「とにかく、中に入ってみれば分かるんじゃね？」

無言で建物を見つめる一同に向かって、本木さんが提案した。

嬉々《きき》としながら玄関に向かう本木さんの背中にうながされるようにして、汐海さんと友人たちも気を取り直し、あとに続く。

ガラス製の大きな玄関戸はなんの抵抗もなく、あっさりと開いた。

先頭に立つ本木さんが、車から持ちだした懐中電灯で暗々とした内部を照らしつける。

玄関を抜けた先は、小さな待合室のようになっていた。

古びたカウンターや机、ソファーなどが雑然と並び、足元には何かのパンフレットやチラシとおぼしき紙きれが方々に散乱して、湿った床にへばりついていた。

「なんかさ、会社の受付みたいに見えるよね？」

汐海さんの感想に、本木さんと友人たちも「それっぽいよね」とうなずいた。

先ほど感じた怖気は薄まり始め、代わりに汐海さんは廃屋の探検を楽しみ始めていた。体内を巡るアルコールが気を大きくしていたし、本木さんや友人らの存在も大きかった。黒々とした闇の中に身を浸らせながら、汐海さんはちょっとしたスリルを満喫していた。

カウンターの隣には建物の奥へと続く長い廊下が、口を広げて延びていた。

廊下の床には湿り気を帯びた紙屑《かみくず》や汚泥に混じって、なぜかピンポン玉やぬいぐるみ、着せ替え人形などの玩具《おもちゃ》があちこちに散らばっていた。

本木さんを先頭に廊下へ踏み入り、玩具につまずかないよう慎重に歩を進めていく。

そうして暗闇の中を五メートルほど進んだ頃だった。

「あれ？　あれ？　おっ……」

ふいに先頭を歩いていた本木さんが、素《す》っ頓狂《とんきよう》な声をあげた。

「え？　何々？」

後方に続く汐海さんと友人たちが怪訝《けげん》な顔で、本木さんの肩越しに前方へ目を向ける。とたんに全員の口から、「わあぁっ！」と一斉に悲鳴があがった。

漆黒に包まれた廊下の奥から、小さな女の子がこちらへ向かって歩いてきていた。

年は七、八歳ぐらい。髪は長く、襟と袖《そで》にフリルのついた白いワンピースを着ていた。

女の子は小ぶりな面に屈託のない笑みを浮かべながら、静々とこちらへ近づいてくる。

ほとんど反射的に、汐海さんと友人たちは踵《きびす》を返して廃屋を飛びだそうとした。

けれども先頭に立つ本木さんは微動だにしないまま、無言で前方を見つめ続けている。

退却をうながすため、汐海さんが本木さんの肩に手を伸ばしかけた時だった。

「はい、どうぞ！」

本木さんのすぐ前で、明るい声が木霊《こだま》した。

見るといつのまにか女の子が本木さんの前にいて、白い紙片のような物を本木さんの胸元に向かって差しだしていた。顔には不穏なまでに無邪気な笑みが浮かんでいる。

汐海さんが再び悲鳴をあげるよりもわずかに早く、本木さんが紙片を受け取った。

「ありがとう」

この場の、この今の、こうした異様な状況下においては、ぞっとするほど場違いかつ温かな声色で、本木さんが女の子にお礼を言った。

直後、汐海さんと友人たちは再び盛大な叫び声をあげ、今度こそ踵を返して一直線に廃屋を飛びだした。

廃屋の前に停めていたバンに乗りこむと、後輩がすかさずイグニッションキーを回し、車は猛スピードで山道を下り始めた。後輩の荒い運転を咎《とが》める者は誰ひとりとしてなく、車内では廃屋の中ではじけた一同の悲鳴が、なおも延々と続いていた。

「ねえ、あの子、なんなの？　お化けなの？　幽霊なの？　こんな時間、あんな場所に小さい女の子なんかいるわけないよね？　なんなのよ一体！」

がたがたと激しく震える自分の身体に恐怖を感じながら、汐海さんが叫ぶ。

震えは口元にも表れ、わななく唇から飛び出た叫びは、調子っぱずれの音程になった。

酔いは完全に醒《さ》め、代わりにひどい吐き気と倦怠《けんたい》感が全身を襲い始めていた。

「知らねえ！　知らねえよ、そんなの！　ていうか、もう考えたくもねえよ！」

汐海さんの異様な声音に怯《おび》えた友人のひとりが、ヒステリックな声で叫び返す。

他の友人たちも皆、震えながら、互いに悲鳴とも怒声ともつかない声を張りあげ合い、車内はしばらく騒然とした空気に包まれた。

ようやく車が山道を抜けだし、国道へ戻った頃だった。

車内の騒ぎが少しずつ収まり始めていくなか、汐海さんはふと違和感を覚えた。

そういえば車に乗りこんでから、本木さんの声を聞いた記憶がまったくない。

本木さんは、助手席に座っていた。後部座席に座っていた汐海さんは身を乗りだして、本木さんの様子を覗き見た。

瞬間、顔からさっと血の気が引いた。

本木さんは胸元に開いた両手に白い紙片を広げ、黙々と紙面に見入っていた。紙はB6判ほどの大きさで、賽《さい》の目状に規則正しく折り目がついている。紙の上には何やら地図とおぼしきものが、黒いサインペンのようなもので書かれていた。

「それ、なんなの？　何が書いてあるの？　捨てちゃってよ、そんなもの……」

上擦る声音を懸命に整え、汐海さんが言う。

「いや、別になんでもないから」

汐海さんの言葉に本木さんは動じるそぶりも見せず、折り目どおりに紙を畳み直すと、上着の内ポケットにしまいこんでしまった。

あとは汐海さんが何を語りかけようと本木さんは上の空で、車外の暗闇を興味なげに眺め続けるのみだった。

ハンドルを握る後輩は、本木さんの異変に最前から気づいていたようで、顔面全体が真っ白になり、目は恐怖の限界を超えて虚《うつ》ろな光を帯びていた。

その後、車は友人たちの自宅を順番に回り、誰もが半ば放心状態で帰宅した。

車が本木さんの自宅の前へ到着し、本木さんが車を降りる間際、汐海さんはもう一度、例の不気味な紙片について、「あれ、絶対に捨ててよ」と釘《くぎ》を刺した。

けれども本木さんは、「うん？」などと、曖昧《あいまい》な返事をするばかりで要を得なかった。

〝そんなことなどどうでもいい〟といった面持ちで、「じゃあ、おやすみ」と車を降り、ふらふらした足取りで家の中へ入っていった。

翌日、本木さんの携帯に電話をしてみたが、応答はなかった。

胸騒ぎを覚え、メールも入れてみたが、メールの返事もこなかった。

さらにその翌日も連絡はなく、三日目の昼過ぎにとうとう痺《しび》れを切らした汐海さんは、本木さんの自宅を訪ねてみた。

玄関口へ応対に出てきた本木さんの母親に尋ねてみると、本木さんは一昨日《おととい》の昼過ぎ、「ちょっと旅行に出かけてくる」と言って、大きなリュックを背負い、家を出ていってそれっきりなのだという。

翌日も、そのまた翌日も、本木さんが自宅へ帰ってくることはなかった。

以来、現在に至るまで、本木さんの消息は不明のままである。


心霊スポット、行ってみたい――。

あんなこと、言わなければよかった。

山中の廃屋で遭遇したあの女の子は一体何者で、彼は女の子から何を手渡されたのか。

「全部、わたしのせいなんです――」

汐海さんは、涙ながらに私に語った。

怖いもの知らず

お盆が終わって五日近くが過ぎた、二〇一五年八月下旬。

お盆の余波で忙しかった仕事もようやく少しずつ落ち着き始め、この日は久しぶりに夕暮れ近くから仕事場で酒を吞《の》み始めていた。

いつものペースで杯を重ね、ボトルを半分ほど空けた、午後の十時近くのことだった。座卓の上に置いていた携帯電話が鳴り始めた。ディスプレイを確認してみると、相手は井口稔。ひと月ほど前、私に心霊スポットのガイド役を頼みにやって来た、例の心霊マニアである。

予約の打診ならばお断りだったし、仮にそうでなくても、どうせろくでもない用件に決まっている。構わずそのまま無視していると、電話は一分近く鳴り続けてから切れた。ほっとしながら再び酒を吞み始める。

ところが電話は、その後も数分おきに鳴り続けた。

あくまで無視を決めこみ続けたが、向こうは向こうで一向に諦《あきら》める気配を見せない。結局、三十分ほどでこちらが音をあげ、泣く泣く受話ボタンを押す羽目になる。

「ああ、先生！　やっとつながった！　実は大変なことになっちゃったんですぅ！」

通話が始まるなり、電話口から井口の悲鳴じみた大声が高らかに響いた。

「何が大変なんでしょう？　お化けにでもとり憑《つ》かれましたか？」

「はは、はい！　そうです、そうなんです！　助けてください、お願いします！」

皮肉のつもりで言葉を返したつもりだったのに、井口の答えはまさかのＹＥＳだった。

ただしとり憑かれたのは井口本人ではなく、小学二年生になる彼の幼い娘なのだという。

たちまち、面倒なことになりそうな予感を覚える。

井口の話によると今から三時間ほど前、午後の七時半頃から娘の様子が突然変わった。

自宅の居間で家族揃ってテレビを見ているさなか、ぐたりと床に倒れこんだかと思うと、全身を痙攣《けいれん》させながら、わけの分からないことを叫び始めたのだという。

『いやあ！　いやあ！　食べられる！　食べられる！』とか、『出ていって！』とか、『頭がなくなる、なくなっちゃう！』とか、大泣きしながら物凄《ものすご》い声で叫ぶんです！」

蒼《あお》ざめながらも妻とふたりで娘を正気に戻そうと必死になって努めたが、声も痙攣も治まるどころか、ますますひどくなっていくばかりだった。

「それで救急車を呼んで病院に連れて来たんですけど、未だに正気に戻らないんですよ。痙攣は弱くなって、声もだいぶ小さくなりましたけど、今も処置室で呻《うめ》き続けています。鎮静剤も全然効かないみたいだし、もうどうしたらいいのか分かんなくって……」

今にも泣きだしそうな声で井口が言った。

なるほど。確かにそれは、憑き物らしき症状と言えなくもない。

ただ、仮に憑き物だとしても、ここまで質《たち》の悪い症状は、よほどの原因でもない限り、滅多に起こるものではない。

そう。本当によっぽど愚劣で、なおかつ質の悪い原因でもない限りは。

「なんだってそんなことになっているんでしょう。何か心当たりがあったりします？」

「……ええ、まあ。多分間違いないだろうなあって原因、実はあるんですよね……」

短い沈黙のあと、いかにもバツが悪そうな声音で井口が答えた。

「この間、お盆休みに友達とふたりで、県内某所の心霊スポットに行ってきたんですが、そこでまあ……ちょっとした実験をしてきたんです……」

「ほう。どんな実験？」

「前に先生からいただいた身代わりの御守り、現地に置いて帰って来てみたんです……。そういう場所に身代わりを置きっ放しにしたら、身代わり自体に何か異変が起きるとか、もしくは僕の身に何か、心霊現象めいたことが起きるんじゃないかと思いまして……」

一瞬耳を疑うも、どうやら聞き間違いではなさそうだった。なんという馬鹿なことを思いつく男なのだろうと呆《あき》れる。

「ただちょっと、手違いというか、間違いがございまして……」

しどろもどろになりながら、井口が言いづらそうに言葉を迷わせる。

「どんな間違い？」

「……身代わりの御守り、僕のじゃなくて、どうやら娘のだったみたいなんです」

「この大馬鹿野郎ッ！」

抑えようと思うより先に、気づけば口から勝手に怒声が出ていた。

「なんかイヤな予感がして、救急車を待ってる間、娘の御守り確認してみたんですけど、娘が持っていたのは僕の御守りでした。てことはやっぱり、現場に僕が置いてきたのは娘の御守りだったってことになりますよね？　僕、間違えて自分のお守りを娘に渡して、娘の御守りを自分で持ってたみたいなんです……」

「そっちの間違いなんかより、お前がやらかしたことのほうがよっぽど間違いだろう！　ふざけたことしやがって！　一体どうするつもりなんだよ！」

「どどど！　どうしたらいいんでしょう……？」

「今すぐ現地に行って、御守りを回収してこい。そうする以外に手はないだろうな」

「えッ？　マジですか！　今、何時だと思ってんです？　そんなの絶対無理ですよ！」

「あっそう。だったらどうしようもないな。あとは俺の知ったこっちゃないね」

「そんな！　ちょっと待ってくださいよ！　お願いします、助けてください！」

この世の終わりのような剣幕で井口が騒ぎ立てるので、しだいに頭が痛くなってくる。だがそれ以上にむしろ、勝手にぐらぐら揺れ始める心のほうが厄介だった。

正直な話、この男が自分のしでかした不始末で何かに祟《たた》られ、死のうがどうなろうが知ったことではない。そんなものは自業自得というものである。

だがその対象がこいつの娘となると、話が別だった。げに恐ろしきは酒の力と、しとどに酔った勢いである。

「出張相談扱いになるから少し高くつく。それから深夜料金になるんで、それもプラス。さらに迷惑料も上乗せする。それで構わないんなら、代わりに俺が行ってきてもいい。さあ、どうします？」

ままよと思って言い切るなり、電話口の向こうで井口が「お願いします！」と叫んだ。やはり言わなきゃよかったと後悔したが、もはや後の祭りだった。

どこへ行けばいいのか井口に尋ねてみると、我が家から車で一時間ほどの距離にある、山の中の古びた廃墟《はいきょ》だった。

井口から大まかな道順を聞きながら、ネットの航空地図から正確な所在地を割りだす。いっそのこと、見つからなければいいのにと思いながら調べたのだが、目的地も道順もたかだか数分で、たやすく割りだすことができた。

不本意ながらも周辺の地図をプリントアウトし、苛立《いらだ》ちながら井口との通話を終える。続いて仕事用の着物に着替えながら、今度はどうやって現地まで行こうかと考え始める。言わずもがな、夕方から散々呑んでいるため、車は運転できないのである。

初めは妻に頼もうと考えたが、妻は町内のスーパーへ出かけることすら難儀するほど、絶望的に運転の苦手な人だった。そもそもいくら仕事のためとはいえ、こんな夜更けにふたつ返事で夫を心霊スポットへ乗せていってくれるような、肝の据わった人でもない。

しばらく思案を巡らせた末、私の交友関係でこんな時間にこんなことを頼める人物が、ようやくひとりだけ見つかった。さっそく電話をかけておうかがいを立てることにする。

「こんばんは、芋沢君。いい夜だね？　実は君にちょっと頼みたいことがあるんだけど、できれば即答で『ＯＫ』とだけ言っちゃもらえないもんかね？」


十分ほど押し問答を繰り返した結果、どうにか芋沢君から「ＯＫ」の返事をいただく。〝なる早〟でこちらへ向かうとのことだったので、大体三十分といったところだろうか。

現在、時刻は十時半過ぎ。十一時に我が家を出発するとしても、現地へ到着するのは零時を過ぎる頃になるだろう。それまで井口の娘が持ち堪《こた》えてくれればと思った。

いずれにせよ、やきもきしたところで今はどうしようもない。一応、祭壇を前にして娘の安全祈願と魔祓《まばら》いの儀式をおこなったりしてみたが、あくまで形だけの拝みである。元を断たないことには、おそらくどうしようもあるまい。

一頻り拝み終えても芋沢君が到着するまで、まだまだ時間はたっぷりあった。

その間、ちょっとした妙案が閃《ひらめ》いたりもしたので、そちらの支度もつつがなく済ませ、私はなるべく酔いを醒《さ》ます努力をしつつ、芋沢君の迎えが来るのを待つことにした。

あなたたちの罪

「やっぱり怪談会のスタッフなんかやるんじゃなかったっす。俺は別に怪談ファンとか心霊マニアじゃないし、こういうエグイお願いは、正直言ってキツイっす……」

閑散とした夜の田舎道に車を走らせながら、運転席で芋沢君がぼやいた。

「悪いね。マジでごめんと思ってる。お互い、日頃のおこないがよくないんだろうな」

ふざけ半分の謝罪だったが、本当に悪いとは思っていた。夕暮れ近くから呑《の》み始めたウィスキーは、未《いま》だに身体の中をぐるぐる回って、五感をこっぴどくぼやかしている。仮に現地で魔祓いなどをする羽目になれば、またぞろ背中が痛みだすのは承知の上だが、それよりむしろ、酔っ払った影響で魔祓い自体が失敗することのほうが恐ろしかった。今夜ほど、呑まずにおけばと思った夜はない。

芋沢君に泣き言や恨み言を浴びせられながら、墨色に染まった田舎道を進んでもらう。この日は星ひとつ光らない真っ暗な夜だった。こちらの気分まで暗々としてくる。

やがて車は、田畑に挟まれた寂しい田舎道から、街場を縦断する賑《にぎ》やかな県道へ入り、さらに県道を抜けて、再び田畑が両脇に広がる国道へ出た。道中、酔いが醒めないかとひそかに期待もしていたが、呑んでいた量が量である。酔いは少しも醒めなかった。

車内の時計が零時を少し回る頃、車は国道を離れて、鬱蒼《うっそう》とした山道へと分け入った。

地図を頼りに細い脇道を何本か、さらに曲がりながら走り続けていくと、十分ほどで目指す廃墟がヘッドライトの前方に見えてきた。

二階建てをした、コンクリート製の無骨な造りの建物である。

構えはどっしりとして傷みはほとんど見られなかったが、窓ガラスの大半が割られ、煤《すす》を塗りつけられたように黒ずんでいる外壁の様で、廃墟だということが一目で分かる。

「じゃあ、行ってくる。〝なる早〟で帰って来るから、ここで無事を祈っててね」

建物の前に横付けする形で車を停めてもらい、芋沢君に告げる。

「……こういう場合って、独りでじっと車で待ってるのと、一緒に中に入っていくのと、どっちのほうが安全なんすかね？」

しばらく黙りこんだあと、眉毛《まゆげ》をハの字にしながら芋沢君が尋ねてきた。

なんとも返答しかねる質問である。とりあえず護身用の御守りを渡し、芋沢君を車に残して車外へ降り立つ。どうしても一緒に行きたいと嘆願されれば連れても行くのだが、こっちはひとりのほうが動きやすいし、彼に万が一、何かあった場合の保証もできない。我ながら身勝手な話だとは思いつつも、ひとりで玄関口まで進んでいく。

分厚い玄関扉はなんの抵抗もなく、あっさりと開いた。

中へ入って懐中電灯をかざすと、古びたカウンターや机、ソファーなどが雑然と並ぶ四角い部屋の光景が、漆黒の中に円く浮かんで見えた。

何に使われていた建物なのかは、いまいち判然としない。逆にはっきりしているのは、ここが心霊スポット——少なくとも一部の物好きから心霊スポットとして、悪い意味で親しまれている場所であるということだけだった。

部屋の様子を一目するなり、それはすぐに理解することができた。

床には薄汚れて色褪《いろあ》せた書類やチラシ、パンフレットなどが一面に散らかっていたが、他にも空き缶やコンビニ弁当の容器、使用済みとおぼしきコンドームまで転がっている。

壁には缶スプレーで書かれた「[redacted]参上」や「お前らみんな呪われる」などの落書き、部屋の奥側に備えつけられたカウンターに目を向ければ、頭にコンビニ袋を被《かぶ》せられたアヒルのおまるが置かれたりもしている。

果たしてこれまでの年月、一体どれだけの物好き連中がこの場を訪れ、どんな気分でどんな時間を過ごしてきたのか。深く考えずとも、その光景が脳裏にありありと浮かび、大層げんなりさせられた。

カウンターの隣にある通路へ懐中電灯を向けると、壁の両側に同じ造りのドアが並ぶ、長い廊下が見えた。井口の説明によれば、この長い廊下のいちばん奥にある倉庫の中に御守りを置いてきたのだという。

ため息をつきながら、通路をくぐって先へ進む。

床じゅうに散らばるゴミやらガラクタやらを踏み散らしながらまっすぐ進んでいくと、視界の右側にある開け放たれたドアの奥で、何かがもそもそと動いているのが見えた。

反射的に視線を向けると、暗い部屋の床上でキャミソール姿の女がこちらに背を向け、ぽつりとへたりこんでいるのが見えた。女は前後に首を揺らしながら、しきりに何かを念じているような様子だったが、構わず無視して先へ進む。

視線を前方に戻すと開け放たれたドアがまたあったので、ゆっくり歩きながら横目で部屋の中を覗《のぞ》いてみた。こちらのほうでは、壁の隅に赤いドレス姿の女が項垂《うなだ》れながら突っ立って、右へ左へふらふら身体を揺らしている。

山の中の廃墟にキャミソール姿の女、赤いドレス姿の女、ね。

一体どうしてそんな恰好《かっこう》をした連中が、こんな山の中の廃墟の中にいるのだろうか？　そんなことを考えてみる。

もしやと思って、気配を探りながら別のドアをそっと開けて中の様子を窺《うかが》ってみると、こっちはこっちでセーラー服を着た少女が、暗い床の上を四つん這《ば》いで這い回っている。そのすぐ傍らには、純白のウェディングドレスを着た女まで突っ立っていて、こちらもしきりに頭を揺らしている。

なるほど。これでようやく合点がいった。

こいつらは別に、ここで殺されたりしてとどまっている連中でもなければ、よそからこの廃墟にやってきて棲《す》みついているような連中でもない。

それどころか、ここにいる連中は厳密にいえば幽霊ですらもない。

請け合ってもいいが、確信があった。

これは一種の、変則的なタルパである。

肝試しでこの場を訪れた連中が頭の中に思い描く、貧相でステレオタイプ的な幽霊像。その蓄積がしだいに形をなして、壁に描かれた落書きのように残留しているのだ。

それも一定の意思を持ち得た状態で。

心霊スポットに出没する幽霊に関しては、以前から甚だ疑問があったのである。

どうして過去に人が死んでもいないような場所にも、幽霊が出るのだろうと。

よそから寄ってくるという考え方もできるが、それにしては現場で目撃される連中の姿恰好《かっこう》は、白やら赤やらの服を着こんだ髪の長い女だの、さもなくば血まみれの女とか、一般人が頭に思い浮かべるステレオタイプ化された姿がその大半である。

心霊スポットに現れる幽霊は、その場を訪れる者らの心が創り成すものではないのか。

軽はずみな物好きや非常識な心霊マニアたちの、いわば無意識における共同作品なのだ。

そう考えると、おのずと辻褄《つじつま》が合ってしまう。

思いなすなり、なんとも茶番じみた光景に思わず失笑してしまいそうになったものの、この場に漂う威圧感だけは紛れもない本物だということに気がつき、のどまで出かけた笑いを引っこめる。

相手がタルパだから無害なわけではない。

むしろ荒《すさ》んだ時世を生きる生の人の心が創りあげたものだからこそ、生半なものより危険性が高いかもしれないし、油断をしてはならないと思った。

できれば余計な刺激を与えないよう、一気にお祓《はら》いを敢行してこの場を立ち去りたい。この期に及んでも酔いが醒める気配は全然なかったが、なるべくシラフに立ち返るべく、しばらく呼吸を整え、それから廊下の床のまんなかに座り、ありったけの気迫をこめて魔祓いの呪文《じゅもん》を唱え始める。

加奈江の件を思いだし、タルパ相手に魔祓いが通用するのかどうか少し不安だったが、唱え終わって周囲を確認してみると、異様な気配は綺麗《きれい》さっぱり消え失《う》せていた。

念のため、先刻覗いた部屋の中ももう一度覗いてみたが、キャミソール姿の女を始め、怪しい連中の姿はどこにも見当たらない。

ほっと安堵《あんど》の息を漏らしつつ、急ぎ足で廊下の奥へ進んでいくと、井口が言っていた例の倉庫はすぐに見つかった。

御守りは倉庫の片隅に並んでいるドラム缶の上に置いてきたというので、懐中電灯をかざしてみると、これもすぐに見つかった。

御守りを回収し、ついでに出発前に閃いた〝ちょっとした妙案〟も確実に済ませると、私は急いで廃墟を抜けだした。

帰り道、芋沢君に頼んでコンビニに寄ってもらい、ウィスキーと炭酸水を買って店を出たところへ井口から電話が入った。

「あ、郷内先生！　今、大丈夫ですか？」

嬉々とした声から判ずるに、用件はすでに分かっていたが、あえて尋ねてみる。

「大丈夫ですよ。ところでお嬢ちゃんの具合どう？」

「はい、もうばっちりです！　やってくださったんですよね！　ついさっきなんですが、ぴたっと治まりました！　顔色もよくなって、今はすやすや眠ってます！」

感無量と言った声色で、井口が一気に捲《ま》くし立てる。

「ああ、そう。それはよかったです。子供に罪はないもんね」

「このたびは本当にすみませんでした。これに懲りてこんなバカなことはもう二度と」

「やりませんなんて言うなよな。あんたらしくもない」

「はい？」

「でも言うんじゃないかと思った。だから代わりにやってきてやったよ、感謝しな」

「はい？」

「身代わりの御守り。あんたの分を新しく作り直して、例の倉庫に置いてきてやった」

電話の向こうが一瞬、しんとなる。

「マ、マジっすか……」

「マジ。大マジ。茶封筒に入れて、まったく同じ場所に置いてきてやった」

「ちょっ、ちょーちょーちょー、ちょっと！　嘘でしょ。ふざけないでくださいよ！」

「ふざけてねえよ。本当にやってきてやった。これでようやく長年の夢が叶《かな》うじゃん。楽しい心霊ライフの始まりだ。まあ、霊障ライフと言ってもいいかもしれないけど」

「……あ、あんた、頭おかしいんじゃないのか？」

「そうだよ。去年の暮れからこっち、ずっと故障中だ。ていうか、ほとんど大破してる。あれ、前に言わなかったっけ？」

「聞いてねえよ、ふっざけんな！」

電話口で井口が怒鳴り声を張りあげる。

「あ、そうそう、今夜の出張料金なんだけど、やっぱりタダでいいや。どうせあんたも自分でもう一回、回収に行かなくちゃなんないわけだし、それを考えると気の毒だからサービスにしておきますよ。じゃあおやすみなさい。明日《あした》はいい一日を」

井口の返事を待たずに電話を切ると、私はその場でげらげら笑いだした。


翌日の昼過ぎ、井口から電話が入った。

果たしていつ頃連絡が来るものか、朝から指折り数えながら楽しみに待っていたので、すぐに応じてやることにした。

「あんたなあ、悪ふざけも度が過ぎてっぞ！　よくも騙《だま》しやがったな、この野郎！」

概《おおむ》ね予想どおりの反応だったので、遠慮なしに大笑いしてやった。

いくら頭が壊れていても、さすがに己の職業理念に反するような真似はしない。

封筒の中には、身代わりの御守りなど入っていない。

代わりにちんけな紙切れが、一枚入っているだけである。

『ジョークだよ。死ぬほどビビッたか？　ざまあみやがれ、バカ野郎』

　小粋な文句をボールペンで書きしたためた、本当にちんけな紙切れが。

「あんた、マジで訴えてやるし、ネットにもじゃんじゃん書きこんでやるからなッ！」

　腹の皮が捩《よじ》れるほど笑い続けていたところへ井口の口から鶴の一声が飛びだしたので、素直に「ごめんなさい」と謝ることにする。心はまったく籠《こ》めなかったが。

　ついでにお詫《わ》びの印として、以前「ぜひ本で使ってください」と井口が話していった怪談をそのうち拙著で採用させてもらいますよと提言したところ、やはり言わなければよかったと、甚だ後悔する羽目になる。

　とたんに井口は薄気味の悪い猫撫《ねこな》で声になって、「そういうことなら大目に見たっていいんですけどねぇ」などとほざき始めたからである。

　私とは別の意味で、壊れていると思った。たかだかそんなことで怒りを収めてしまう井口という男に、そこはかとない怖気《おぞけ》すらも感じてしまう。

　きっとこういう手合いが、心霊スポットで妙なタルパを創りあげてしまうのだろうな。それも出くわした者が一生トラウマになるような、とびっきり質《たち》の悪いタルパを。

　そんなことに思いが行き着くと、みるみる気持ちが悪くなってゆき、してやったりと勝ち誇っていたつもりが、まるで返り討ちにあったような気分にもなる。

　結局、その晩は大いに身悶えしながら、いつもの三割り増しで痛飲することになった。

怪談始末

私の本にまつわる話である。
飲食店に勤める美喜枝《みきえ》さんは、休み時間に休憩室で私の『怪談始末』を読んでいた。
夢中になって読んでいると、ふいに厨房《ちゅうぼう》のほうからお手伝いのお呼びがかかった。
厨房に向かって「はーい！」と返事をしながら、開いた本を閉じる。
ぱちん。
紙面が立てる乾いた音の代わりに、手と手を叩《たた》き合わせる湿った音が耳を突いた。
怪訝《けげん》に思って手を見ると、本がない。
驚きながらも休憩室のあちこちを探してみたが、結局本は見つからなかった。
仕事を終えて帰宅した、その日の晩のことだった。
同居している母から、仏壇に供えているお膳《ぜん》をさげてきてほしいと頼まれた。
仏間に入って仏壇を覗《のぞ》きこんだ瞬間、ぎょっとなる。
本は金色に輝くご本尊の前に、立てかけるようにして置かれていたそうである。

偶然ではない

ガソリンスタンドに勤める加藤《かとう》という男から、こんな話を聞かされた。

加藤が中学二年生の時分の、よく晴れた秋口のことだった。

放課後、友人たちと連れだって学校の裏手に面した公園に向かっていると、道端から丸々と肥え太った茶色い蛙が一匹、ぴょこぴょこと路上に飛びだしてきた。

加藤はすかさず蛙を捕まえると、蛙の背中のまんなか辺りを両手の親指と人差し指でぎゅっとつかみ、そのまま本を開くような要領でべりべりと皮を剝《は》ぎ始めた。

友人たちは一様にぎょっとなって「お前、何やってんだよ！」と非難の声をあげたが、当の加藤はにまにまと下卑た笑みを浮かべながら、蛙の皮を剝ぎ続ける。

背中の中央から真っ二つに皮を裂かれた蛙は、今度はまるで衣服を脱がされるように、四肢と頭の皮もずるずると剝《む》かれていった。

あっというまに全身の皮膚を剝がされた蛙は、桃色の筋肉をぬらぬらと濡《ぬ》れ光らせた無惨な姿となって、加藤の手の中でぴくぴくと後ろ脚を痙攣《けいれん》させている。

突発的な衝動だったのだという。小学生の頃もザリガニやトンボに爆竹を括《くく》りつけて爆破したり、オタマジャクシを踏み潰《つぶ》したりして、遊び半分に殺していた時期があった。

蛙をひと目見た瞬間、その当時の暗い興奮が久方ぶりに再燃したのだと、加藤は語る。

「どうだお前ら？　スゲーだろ！」

得意満面になって全身ズル剝けの蛙を友人たちの前にひらつかせるも、彼らのほうは完全に腰が引けており、加藤の笑顔に同調する者は誰ひとりとしていなかった。

「なんだよ、つまんねえなあ！」

自分に向けられる冷たい視線に憤慨した加藤は、地べたに蛙を叩きつけるようにして投げ捨てるなり、ずかずかとした足取りでその場をあとにした。

その後、いらいらが治まらないまま自宅へ帰ると、家の門口に救急車が停まっていた。何事かと思って玄関をくぐったとたん、加藤は「うわっ！」と悲鳴をあげた。

全身の皮膚が剝けて赤黒く爛《ただ》れた祖父が、担架に乗せられているところだった。

少し前に認知症と診断された祖父は、家人の留守中に灯油給湯器を稼働させたままで風呂《ふろ》に入り、そのまま湯水が熱湯に変わるまで入浴を続けていたのだという。

仰向《あおむ》けの状態で意識を失い、首から下がズル剝けになった祖父の姿は、加藤の脳裏に先ほど殺した蛙の姿を否が応でも思い起こさせた。

全身に重度の火傷《やけど》を負った祖父は結局、その日のうちに帰らぬ人となったという。

求愛

ある真夜中のこと。

就寝中に尿意を覚えて目覚めた知里《ちり》さんは、トイレから戻ってくるなり悲鳴をあげた。

自室のドアの前に、タキシード姿の大きな人形が突っ立っていたからである。

よく見てみると人形は、友人宅で花嫁人形と対になって飾られている花婿人形だった。

フランスの著名な人形師が手作りで丹念に仕上げたという、身の丈六十センチほどの、精巧な顔立ちをした人形である。平素は友人宅のリビングに設《しつら》えられたガラスケースに、花嫁人形と並んで飾られているはずのものだった。

悲鳴を聞きつけた家族が駆けつけてきたが、家人はこんな人形など知らないと答えた。

わけが分からないまま友人に連絡を入れてみると、確かに花婿人形がいないという。

「あんたのイタズラじゃないの？」

強い口調で問い詰めたものの、当の友人は「絶対違う」と否定した。

知里さん自身も、友人がこんな悪ふざけをする性分でないことは、百も承知だった。

無言で微笑みながらこちらを見つめる人形の生々しい目線に、背筋がぞっと凍りつく。

気味が悪くて堪らず、人形は翌日すぐに友人宅へ返しにいった。

ところがそれから数週間後、人形は再び知里さんの部屋の前に現れた。

状況は前回とさして変わらず、真夜中過ぎに台所へ行こうと自室のドアを開けた瞬間、部屋の前の廊下に突っ立っていた。

さらに語気を荒げて家族と友人を問い詰めてみたが、どちらもひどく困惑した様子で、やはり知らぬ存ぜぬの一点張りだった。

ただしこの日は一点だけ、前回と決定的に異なる事態が起きていた。

友人曰《いわ》く、リビングに飾られた花嫁人形の顔とドレスが、鋭利な刃物のようなものでずたずたに引き裂かれ、ガラスケースの中で横たわっていたのだという。

花婿人形は後日、花嫁人形ともども、寺で焚きあげてもらったらしいが、今でも時折知里さんは、夜中に自室のドアの向こうから不穏な気配を感じることがあるという。

鬼神の岩戸　急

やはりもう少しだけ、もう少しだけ、がんばってみよう。

でも、がんばるといっても、一体何をどうがんばればよいのか？

答えが何も分からないまま、それでも美琴は俊平の許《もと》へ通い続けていた。

俊平がこの部屋から出ようとする勇気さえ得られれば、おそらく涙は俊平の心へ戻り、事態は全て収束してくれる。そこにお祓《はら》いやまじないの力は一切必要ない。

だから冷静に考えれば、霊能師である自分でなくても、別に構わないのだと思う。

たとえば、引き籠《こ》もりや不登校を専門にする支援相談士など、こうした方面のプロに任せたほうが、素人の自分が出張《でば》るより、はるかによい成果が得られるのかもしれない。

七月がもうそろそろ終わる頃、美琴はそのように考えて、さりげなく俊平に提案した。

けれども俊平の答えは芳しいものではなかった。

「小橋さんが毎週来てくれるから、ぎりぎりのところでがんばっていられるんです」

ドアの向こうから、切迫した声で俊平はそう言った。

「俺がダメなばかりにすみません。でもがんばりますから、これからも来てください」

悲しそうな声で、お願いまでされてしまった。

今後、知らない誰かと一から交流を始めるより、やはり自分のほうがいいのだろうか。必要としてくれるのは確かにありがたいけれど、同時にそれは重たくもあった。

それでも俊平と話をしていると、このまま見捨てられないという気持ちもまだあった。結局、大いに逡巡《しゅんじゅん》し、迷った末に、美琴は俊平の許へ通い続ける道を選んだ。

三神さんの食堂を含む三つの店では、相変わらず涙の姿が目撃され続けていた。目撃される頻度も、目撃される以外になんら実害がないのも相変わらずだった。

美琴のように首を摑《つか》まれ、「あたし？」と問いかけられたなどの報告はひとつもない。いずれも店内に佇《たたず》む涙を見たとか、目の前で消える涙を見たとか、そんな報告ばかりでまったく変化は見られない。

創造主の心を離れたタルパは、確かに生身の人間にしか見えない鮮明な実像を帯びる。けれども目の前で突然消えたりするような性質は幽霊となんら変わらない。

仮に見た目以外の性質も幽霊と同じなら、姿が見える人と見えない人の違いがあって、声を聞き取れたり、意思の疎通が図れる度合いにも個人差があるのではないだろうか？そのような仮定をしてみると、これまで一度も自分以外に、涙から声をかけられたとか、触られたという話が聞かれないことにも筋が通る。

慣れない人には、いるはずのない存在が見えるだけでも十分恐ろしいのだろうけれど、あんな凄《すさ》まじい形相で迫られたりしないだけ、まだ幸運なのではないかと美琴は考える。姿が見えたり消えたりしたぐらいで、いちいちそんなに怯《おび》えないでよとも思う。

少しだけ意地の悪いことを考えてしまうのは、片山さんと篠原さんの態度があれから
ますますつれないものになっていったからだった。
経過を尋ねに行けば教えてくれるし、もう二度と来ないで欲しいというようなことも
言われない。けれども以前のように美琴を信頼してくれる素振りはもはやまったくなく、
ただ事務的に言葉を交わすだけの関係になりつつあった。
確かに、結果をだせない自分自身に非があるのかもしれない。でも、そうならそうで
正式に依頼を取り消してくれればいいのにと思う。
彼らがそうしない理由は分かっていた。美琴が成功報酬ということにしているからだ。
どうせ問題が解消されることなどないと思っている半面、とりあえずはプロの霊能師が
（問題が解消されない限り）無償で店を見てくれるという卑怯《ひきょう》な安心感だけはあるから、
決して自分たちの口から「もう来ていただかなくて結構」とは言わない。
美琴はそれがくやしくて堪らなかった。
まるでイジメられているような気分になる。
片山さんと篠原さんには、本当は自分の口から「辞退したい」と言いたいのだけれど、
そうすると俊平の許にも通いづらくなってしまうため、辞退するにもできなかった。
せめて涙が出没する回数だけでも減ってくれればいいのに。
心の底から願うのだけれど、事態は一向に好転の兆しを見せることはなかった。
それどころか、ますます悪いほうへ暗転していく兆しが見えていた。

俊平の部屋から感じる気配が、また少し変わったのである。

八月の一週目に俊平の許を訪れた時のことだった。

ドアの向こうから感じる気配が増えていることに、美琴はふと気がついた。

以前から感じ続けている大きな異様な気配と違い、注意深く意識を集中していないと気づかないくらいの小さな気配だったが、それは確かに感じられた。

俊平の声色や様子に異変は感じられないため、あえて口にだしこそしなかったけれど、密《ひそ》かに警戒だけはしておこうと決めた。

一方、夢のほうも数日おきに見続けていた。内容もまったく変わらない。

顔のぼやけた俊平とそわそわしながら笑い合い、気づくと涙に睨《にら》まれている。

誓って美琴自身の願望にはない、不本意な夢である。涙に睨まれながら目覚めるのは毎回恐ろしかったし、目覚めてからは気分が悪かった。

八月の二週目、俊平の許を訪ねると嫌な予感が的中した。

ドアの向こうの小さな気配が、先週よりもわずかに濃くなっている。

小さいとはいえ、ドアを隔てて受け取る印象は、大きな気配のほうから受けるものとよく似ているので、おそらくこちらに対してもお祓いは効かないだろうと判じる。

俊平がこの部屋から出ることができれば、涙の件は解決するのだと思う。

ただ、この気配のほうはどうだろう。解決と同時に一緒に消えてくれるのだろうか？

どうにもそうは思えなかった。

この問題があるから、美琴は俊平から離れられなくもあった。

涙の件とは違い、この気配に関しては未《いま》だに正体が摑めず、道理もまるで分からない。

何が原因で俊平の部屋に存在しているのか。何を目的に俊平の部屋に居座っているのか。

何ヶ月も監視を続けているというのに、その片鱗《へんりん》すらも見えてこない。

こうした怪しい事象になんでも原因を求めて考えるのは、美琴はあまり好きではない。

だが、この気配に関しては、あるいは俊平が部屋から出ることができない本当の原因になっているのではないかと考えてしまう節がある。

この部屋の中に棲《す》みついている何者かが俊平の心を鈍らせ、縛りつけて離さない。

そう考えるなら、俊平自身はいつも「がんばりたい」と言っているのにもかかわらず、なかなか行動に移すことができないという道理にも適《かな》うような気がする。

できればふたつを結びつけて考えたくはないし、たとえそんな得体の知れない何かの力が作用していなくても、元々こうした問題は非常にデリケートだから、解決するのに相応の時間と忍耐が必要だということも承知しているつもりではいる。

ただ、こうした〝人の目に視えざる何か〟が人の心に影響を及ぼして人格を変えたり、行動を抑圧してしまうという例もゼロではなく、実際にあることではあった。

仮にそうしたものが人に悪い影響を及ぼしているのなら、平素はお祓いをしたりして解決を試みるし、実際それで解決に至る場合が多い。

霊能師という生業《なりわい》における、ある意味いちばんの腕の見せ所である。

けれども今回はそれがまったく通用しないから、原因になっているのかどうかすらも判断がつかない。だから美琴は悩み続けていた。

そうした美琴の煩悶《はんもん》を嘲笑《あざわら》うかのように、気配は翌週もまた少し濃くなっていた。

さらにその翌週も印象は小さいままだったが、気配だけは濃くなっていた。

仮にこのまま濃くなり続けていったとして、こちらも最初の大きな気配と同じように、少なくとも表面上はそれ以上何も起こることなく、気配だけを発し続けるのだろうか？

それともその時こそ俊平の身に、何かが起きてしまうのだろうか？

為《な》す術《すべ》が何もなく、美琴はただ気配の動向を探り続けるしかなかった。


異変があったのはさらにその翌週のこと。お盆もとうに過ぎ、八月も第五週を迎えて、そろそろ夏も終わろうとする頃だった。

俊平の許から帰宅した夜、美琴はまた夢を見た。

無数の人形たちが並ぶ部屋の中で、顔のぼやけた俊平と、そわそわしながら笑い合う。ここまではいつもと同じだったけれど、この日は美琴の隣に小さな女の子も座っていた。

それは鮮やかな青い衣装に身を包んだ、女の子だった。

上は斜めに襟の入った長袖《ながそで》のシャツ。下は裾《すそ》が太めで、ゆったりとした拵《こしら》えのズボン。上下とも艶《つや》やかな光沢を帯び、手触りのよさそうなさらさらした生地をしている。

黒い髪の毛は、頭の両脇で白い布に包まれ、ふたつのお団子状に結わえられている。

女の子も俊平と美琴の談笑に混じって、楽しそうに笑っている。

恰好《かっこう》だけを見ればそれは麗麗みたいだったけれど、顔を見ると麗麗に似ているようで似ていない、まったく別人の女の子だった。

でも夢の中で美琴は、女の子を麗麗だと認識している。嫌々だけど、麗麗だと思ってそわそわしながら一緒に笑っている。

そこへ視界の端に気配を感じて振り向くと、人形たちがひしめく大きな棚と棚の間に涙が立っていて、憎悪のこもった眼差《まなざ》しで美琴をひたと睨み据えている。

はっとなって目覚めると、目の前に満面を悲愴《ひそう》の色に染めあげた涙の顔があった。

「あたし？」

悲鳴をあげて起きあがろうとしたけれど、両肩を涙に摑《つか》まれて、動けなくなっていた。

たちまち背筋がぞっと凍りつく。

「あたし？」

目から大粒の涙をこぼしながら、震える声で涙が言った。

「……涙さん。ねえ、涙さん。あなたは一体、どうしてほしいの？」

失神しそうなほど恐ろしかったけれど、ありったけの勇気を振り絞り、涙に向かってどうにか問いかける。ただ、それでも涙の言葉は変わらなかった。

「あたし？」

「……それじゃ分からない。涙さんの気持ち、教えてくれませんか？」

「あたし？」

「……俊平さんのところに戻りたいんですか？」

とたんに涙の顔が怒りを帯びて、両肩を摑む力がさらに強くなった。

「あたしッ！」

獣《けだもの》じみた叫びとともにぐわりと顔が近づいて、美琴の鼻先へぶつかりそうなほどまで迫った瞬間、涙の顔は目の前から忽然《こつぜん》と消えた。

あとには布団の中で泣きながら、がたがた震える美琴の姿だけが残されていた。

岩戸開き

井口稔を死ぬほどびびらせてやったその翌週、八月もそろそろ終わりそうな頃だった。夜の八時過ぎに仕事場で吞《の》んでいると、座卓に置いていた携帯電話が鳴った。客かと思って出てみたら、電話の主は小橋美琴だった。

「夜分恐れ入ります。今、大丈夫でしょうか？」

「まあ、仕事中ではないんで、そういう意味では大丈夫かな。ずいぶん久しぶりですが、今度はどういうご用件でしょうか？」

すでに嫌な予感しか覚えなかったが、とりあえず話だけは聞いてみることにする。

例によって美琴の話は異様に長く、辟易《へきえき》させられた。私と新宿で会った六月下旬から一昨日《おととい》の晩に至るまでの経緯を事細やかに説明してくれたのだが、話が全部終わるまで実に三時間近くもかかった。その間、何杯吞んだか分からない。

「もう限界なんです。どうしたらいいんでしょう？」

涙声で美琴が尋ねてきたが、どうしたらよいのかは、すでにもう六月に忠告している。話を聞けば、こちらが想像していた以上にひどいことになっていた。だから言ったのだ。やめておけと。美琴が知らない真相まで知っている今は、なおさら強くそう思った。

「どうするもこうするも、手を引けばいいだけのことなんだけど、おたくは頑固だから ただ手を引くだけなのも、多分嫌なんでしょうね」

私が尋ねると、美琴は肯定なのか否定なのかよく分からない「すみません」と言った。

どうしたものだろうと考える。

手を引けばいいだけ、とは言ってみたものの、ただ単に手を引けば済むという段階は、おそらくもうすでに通り越してしまっている。つい今月の初めにも、ほとんど部外者の私のところに涙は現れているし、私が催した怪談会にまで姿を現している。

美琴も多分、今さら手を引いたところでしつこく涙に付きまとわれるのだろうと思う。それを言ってしまえば今さらなどという話ではなく、初めに涙と出くわしたその日から、あるいはすでに手遅れだったのかもしれないが。

こっちもこっちで、今後も涙が現れ続ける予感しかしなかった。ひどく迷惑な話だが、何しろ私のほうは、涙から頭に真相をぶちこまれてしまっている。

なんとなくこういう流れになってしまうかもしれないという予感はあったのだけれど、やはりそうなってしまうのか。ここから先の話を進めることが憂鬱《ゆううつ》で堪《たま》らなかった。

仕方なく今回も、アルコールの力を借りることにする。

グラスへウィスキーをなみなみと注ぐなり、生《き》のまま一気にのどへ流しこむ。

頭がぐらりとなったのを見計らい、ひと呼吸置いて、それから私は美琴に言った。

「こっちが提示する条件を全部呑んでくれるんだったら、手伝ってあげようか？」

私の提案が意外過ぎたのだろう。

美琴は「はあ……」と気の抜けた返事をよこした。

「まあ、当の三神さんのところから許可をもらえないと、どうしようもないんですがね。それも含めて動いてくれるんなら、そっちに行ってなんとかできるかもしれない」

「酔っ払ってるのは声で分かってますけど、なんで急にそんなことを言いだすんです？……本当に単に酔ってるから、ということじゃありませんよね？」

「いろいろ思うところがあって、仕方なく。酔ってるのは多分、あんまり関係ない」

美琴は五秒ほど沈黙したあと、それから「お願いします」と答えた。できることなら「結構です」という答えを期待していたのだが、当てが外れた。

これでもう完全に動かざるを得なくなる。あとは芳しい成果を祈るばかりである。

翌日、再び美琴から電話が入った。三神さんから了解が得られたという報告だった。日程を二日後の夜に決めてもらい、こちらは高速バスの手配にかかる。

約束の当日、午後の八時近くに新宿駅界隈《かいわい》のバス停に到着し、迎えに来た美琴の車で三神家の食堂へ向かった。

細かい情報は事前に提供してもらっていたので、軽く確認し合うと、あとは車の中で特に話すこともなくなった。到着まで一時間近くかかるというので、気まずい沈黙でも楽しもうかと思っていたところへ美琴のほうが口を開いた。

「声、今年は聞こえたんですか？」

　なんの声のことかと一瞬戸惑うも、すぐに例の「お盆に聞こえてくる声」だと察した。続いて、どうして美琴がそんなことを知っているのかと訝《いぶか》しんだが、そういえばこの話も『怪談始末』に概要を書いていたことを思いだす。

「聞こえた」と答え、告げられた数字と顛末《てんまつ》も教えると、美琴は露骨に顔色を曇らせた。

「結局なんだったんだろう？　十三年も脅迫めいた嫌がらせをしてきた挙げ句、最後は加奈江に化けようとした。あんなに根性の悪い化け物も珍しいもんだとは思うけど」

「それって、タルパじゃないですか？」

　美琴が即答したので、少々面食らってしまう。

「なんとなく、そう思うだけなんですけどね。でも、タルパは創造主が無意識に抱える願望も投影するので、辻褄《つじつま》は合うような気はします。新しいご本の中で、自分は望んで拝み屋さんになったんじゃないって書かれてますよね？　失礼な話かもしれませんけど、郷内さんの『仕事をやめたい』っていう気持ちを代弁していた存在なんじゃないかなと。最後は加奈江さんになろうとしたということですし、なおさらそう思います」

「それはありえないだろう。俺のタルパはもうとっくに死んでるんだぞ？」

「タルパは別に個人にひとりだけとは限りません。一生涯にひとりだけ、という規定もありません。難しいですけど、その気になればひとりで何人だって創ることができます。ありえなくはないと思いますよ？」

なんでもかんでもタルパかと思ったが、先日、心霊スポットで知った特殊な例もある。確かに原因を自分自身の無意識に求めるなら、辻褄が合っているような気はした。だとしたら私はこの十三年、心の暗い部分でずっと逃げ続けてきたということになる。挙げ句の果てに、最後は新しい加奈江を創ろうとまでした。情けなくて涙が出てくる。結局、到着までの間、私は気まずい沈黙を楽しむ羽目になってしまった。

予定通り、夜の十時過ぎに現地へ到着した。駅前の駐車場に車を停め、食堂まで歩く。二分ほどで夜陰に包まれた前方に食堂が見えてきたのだが、直前で美琴が立ち止まり、食堂の近隣に並ぶ建物を指さした。

「こっちも一応、見てもらえますか?」

食堂の両隣に建つ飲み屋と空き家、それから空き家の隣の床屋を外からじっと眺める。以前に美琴が鑑定しているとおり、ざっと見た印象ではいずれも何か問題がありそうな建物とは思えなかった。

ただ、それとは別に私個人の印象として、わずかに驚いてしまったことがある。話で聞いていた時には、特に意識することはなかったのだが、実際に自分自身の目で建物の並びを見たとたん、今回の件にそこはかとない因縁めいたものを感じてしまった。

幼稚園の頃、右足の手術で入院したことがあるのだが、同室に入院していた女の子のお見舞いに、貞雄《さだお》君という小学校三年生くらいの兄が毎日来ていた。

私と貞雄君はすぐに打ち解け仲良くなって、ふたりで病院内を探検したり、ベッドで本を読んだりするのが日課になった。私たちが特にお気に入りだった本は、児童向けに編まれた幽霊と妖怪《ようかい》に関する大百科で、飽きもせずにそれこそ毎日繰り返し読んでいた。

その本の中に幽霊が現れる店舗を紹介した漫画が掲載されているのだが、店の並びが今目の前にある建物の並びとまったく同じものだった。

すなわち右から飲み屋、食堂、空き家、そして床屋の順である。

漫画の舞台になった場所は愛知県だったし、発生した怪異の中身もまったく違うため、単に並びが同じだというだけで、両者に何か接点があるわけではない。

ただ、幼年時代に親しんでいた本の中に登場する、怪異の舞台と瓜二つ《うりふた》の立地を前に、拝み屋となった私が怪異を解消すべくこうして立っているのは、何か因縁めいたものを感じずにはいられなかった。

部外者のはずだった私が、涙に事態の真相を見せられた件もそうだし、六月に美琴と初めて会った日から、私はここを訪れる運命だったのかもしれない。

感慨深く四軒の建物を眺めたあと、なるべく音を立てないように食堂の玄関戸を開け、営業が終わった店の中へと入る。俊平は今夜、美琴が訪ねることとしか知らされていない。そのため、私の存在を事前に知られるわけにはいかなかった。

厨房《ちゅうぼう》で店の後片付けをしていた三神夫妻と小声で挨拶《あいさつ》を交わし、二階の住居のほうへ案内してもらう。茶の間で軽く自己紹介をしたあと、再び美琴と厨房へおりた。

「さて、始めようか。まずはこれをつけてもらう」

階段の前で懐から取りだしたマスクを美琴に差しだす。主にパーティーグッズとして売られている、目の部分に穴が開いた陳腐な作りの黒いアイマスクである。

「なんですか、これ？」

小声で美琴が尋ねてきたが、私は「見てのとおりだよ」とだけ答えた。

今夜の段取りは、事前に何も教えていない。まさかこんなものをつけさせられるとは夢にも思わなかったのだろう。いかにも解せないといった表情で美琴がマスクをつける。

「いいね、恰好《かっこう》いいぞ。ヒットガールみたいだ」

「誰ですか、それ？」

間抜けなマスク面で首を傾げながら、美琴が返す。

「まあ、いいから。そのままドアの前に行って、十分ぐらい、何か話をしてきてほしい。その間、三神俊平の声とか話し方に、いつもと違う素振りがないか、注意しておくこと。キリのいいところで戻ってきたら、結果を教えてほしい」

「どういうことなのか全然分かりません」

なおも怪訝《けげん》そうな眼差《まなざ》しで美琴が返してきたが、「やれば分かるから」とだけ答える。

いかにも不満といった様子ながらも、やがて美琴が階段をおりていったのを見計らい、こちらもやるべきことの準備にかかる。

再び階段をあがり、茶の間にいる三神夫妻の許《もと》へ向かった。

「すみません。いきなり突拍子もないことを申しあげて心苦しいのですが、おふたりにお願いしたいことがふたつと、許可をいただきたいことがひとつあります」

私が申し出た〝願い〟と〝許可〟の内容に三神夫妻は初め、何度も首を傾げていたが、「今夜で全部終わらせますから」と付け加えると、両方とも快く承諾してくれた。

三神夫妻を二階に残し、ひとりで階段をおりて厨房へ戻る。

階段の下では美琴が俊平に向かってしきりにあれこれ話しかける背中が見えていたが、やがて十分きっかり経ったところでこちらを振り向き、階段をあがってきた。階段から離れ、厨房の片隅で話を聞いてみる。

「どうだった？」

「ううん……概《おおむ》ね普段どおりだと思うんですけど、今日はちょっと違う感じもしました。ああ、これもう外してもいいですか？」

マスクを指差しながら美琴が尋ねる。

「いいよ」と答えるなり、美琴は即座にマスクを剝《は》ぎとった。

よほど嫌だったのだろう。

殴るような勢いで私の胸元へマスクを握った拳《こぶし》を突きだしてきた。

「で、具体的にはいつもの三神俊平と比べてどんな感じが〝ちょっと違う〟と思った？　たとえば最初にドアの前に立って挨拶した時。あるいは会話の合間のちょっとした瞬間。どんなに細かいことでもいい。気になったことを教えてほしい」

「最初に挨拶した時……ええ、そう言われてみれば確かに今日は最初から少し変でした。わたしがかけた言葉に対して俊平さん、声がつまったっていうか、上擦ったっていうか、『あ、こ、こんばんは』みたいな感じで挨拶をしたんです」

本当に細かいことですけども、と補足しながら美琴が答える。

「その後はどうだった？　挨拶以外にも、今夜は声が妙な具合につまったり上擦ったり、あるいは全体的に心ここにあらずみたいな感じじゃなかったか？」

「確かにそうですね。いつもと違って会話に集中しきれていないというか、なんとなくそわそわしたような印象は受けました。本当に、少しなんですけども」

確認完了。これだけ分かればもう十分だ。あとは決行あるのみである。

全てをシラフでやらなくてはならないのが、堪《たま》らなく不安ではあったけれど。

「これから三神さんたちに厨房へおりてきてもらう。そしたら俺とふたりで階段おりて俊平の部屋の前に行こう。あとはまあ、成り行きに任せてくれればいい」

「やっぱり何をするのかは教えてくれないんですね？」

「もう教えてる。今夜で全部解決させる。ただそれだけのこと」

憮然とした私の答えにため息をつきながらも、美琴がうなずく。

続いて階段を上り、三神さん夫妻に厨房までおりてきてもらった。

こちらは厨房の隅で待機してもらい、先ほど承諾してもらった〝願い〟と〝許可〟をもう一度確認したうえで、「それではよろしく」と頭をさげた。

ふたりにもくわしいことは何も知らせていないので、最後まで怪訝な顔はしていたが、肝心なのは〝願い〟と〝許可〟だけなので、構いはしなかった。

美琴を先に歩かせ、階段をおり始める。灰色のコンクリートが打ちっぱなしになった階段の両壁は、油と埃《ほこり》でひどく黒ずみ、横目に見ているだけで、まるで百年前の牢獄《ろうごく》へ続く階段を歩かされているような気分になった。

階段を下りきり、美琴とふたりで並んで俊平の部屋の前に立つ。

事前に電話で美琴から聞いていたとおり、古びてあちこち傷だらけになってはいるが、丸いドアノブがついた、なんの変哲もない木製のドアである。

美琴が私に目配せで、声をかけるべきかと尋ねてきたので、適当にどうぞと合図した。

「ごめんなさい俊平さん、戻ってきました」

美琴が声をかけると、ドアの向こうから「あ、はあ……」と妙な返事が返ってきた。

その間、私は携帯電話を取りだして三神さんの番号をコールした。

とたんに上のほうで「ばちん」と鋭い音が聞こえ、辺り一面が真っ暗になった。

「え、あれ？」と美琴が声をあげる。その傍らで私は、目の前の暗闇に向かって片足を思いっきり振りあげた。闇の中で地下室のドアが、たちまち落雷のような音を立てる。

続けざまにがんがんドアを蹴《け》りつけていると、美琴が悲鳴をあげ始めた。

同時にドアの向こうからも悲鳴があがる。悲鳴とともに「おい！」とか、「なんだ！」とか素っ頓狂な声も聞こえたが、構わず無視して蹴り続けてやった。

やがて何度目かの蹴りで、靴底がドアの開く感触を捉《とら》えた。手探りで携帯電話を開き、再び三神さんの番号をコールする。まもなく電気がついて、周囲に元の明るさが戻る。

目の前では古びたドアが、部屋の中へ向かって斜めに引っこんでいた。

美琴に目配せしながら片手でドアを押し、閉ざされていた部屋を全開にしてやる。

私がそれを見るのは、今日が二度目のことだった。一度目は八月の頭、深夜に自宅の風呂場《ふろば》で涙から頭に映像を流しこまれた時に目撃している。

正直なところ、こうして実物を目にするまでは、間違いであった場合のリスクを考え、内心びくびくもしていた。けれども今、私の目の前に見える光景は、涙から見せられたあの時の光景と寸分違《たが》わず同じものだった。

ドアから見える部屋の真正面の壁には、美琴の写真が大きなコルクボードに貼られて、びっしりと並んでいる。ただし、写真といっても普通の写真ではない。

写真は、美琴の顔を若干斜め右の角度から撮影したもので、美琴はカメラに向かって視線を向けていない。おまけに美琴の背後には、油と埃で黒ずんだコンクリートの壁が写っている。

さらに加えて美琴の写真は、別のアングルから撮影されたものが、もう一種類あった。といっても厳密には、美琴の写真というより、美琴の一部の写真と言ったほうが正しい。こちらは床の上から見あげたアングルで、美琴の脚、というよりスカートの中身まで含めた下半身が写されていた。

部屋から入ってすぐ左手には、デスクトップのPCが置かれた小さなテーブルがある。おそらくここからずっと、美琴を覗《のぞ》き見ていたのだろう。写真に写る角度から察するに、カメラは多分、部屋の前の壁際に山積みにされている段ボール箱の中だと思う。できればスカートの写真のほうは美琴に見せたくなかったのだが、これは成り行き上、仕方のないことだと割り切るより他ない。

それよりも、美琴が自分の目でしかと見るべきものは、他にふたつもあるのだから。美琴の写真が貼られたコルクボードの左側にも、同じサイズのコルクボードがある。こちらには、月川涙の写真がびっしりと貼られていた。

いや、厳密には彼女は、月川涙なんて名前ではない。ごくありふれてはいるけれど、親しみやすい響きをもった、本当の名前をもっている。月川涙は、俊平が彼女に勝手につけた名前である。

美琴の写真が貼られたコルクボードの右側にも、同じサイズのコルクボードがある。こちらは写真ではなく、マジックや色鉛筆で描かれた稚拙な絵が何枚も貼られていた。

いずれも青い衣装にお団子頭をした、麗麗のイラストである。白い紙の中で麗麗は、青い衣装を半分剝《む》かれて大人とおぼしき、ごつくて大きな手にぺったんこの胸を触られたり、尻《しり》を叩《たた》かれたりしながら笑っている。

作者はドアのすぐ脇に呆然《ぼうぜん》とした顔で突っ立っている、銀縁眼鏡を掛けた瘦《や》せた小男。二十八歳にして、無職で引き籠《こ》もりの三神俊平その人である。

「だ、誰だよ、あんた……？」

「さあ、ブルース・ウィリスかな？　頭は禿《は》げちゃいないけど」

両膝《りょうひざ》をがくがくさせながら俊平が尋ねてきたので、素直に質問に答えてやる。

「自分の部屋だっていうのに悪いんだけどさ。これからこちらの小橋さんにいろいろと説明しなくちゃならないことがあるんで、少しばかり黙っててもらえないかな？」

俊平は怯《おび》えながらも不服そうな顔をこさえたが、無視して話を始めることにする。

「さて……とんでもないものをいっぺんに見てしまって、頭がこんがらがっているのは分かるけど、まずはあっちの娘から説明する。あの娘の名前は知ってるかな？」

涙の写真を指差しながら尋ねると、美琴は呆《ほう》けたような声で「涙さん？」と答えた。

「違う。あの娘は月川涙なんて名前じゃないし、少なくともあの写真に写っているのはタルパでもない。生身のれっきとした人間だよ。もう死んでしまってはいるけどね」

プライバシーや尊厳に関わる問題なので、本名も詳細も伏せるが、彼女は何年か前に、とある事件に巻きこまれて殺害された女性である。それもひどい殺され方だった。

六月に新宿の雑踏で彼女を見かけた時、どこかで見たことがある顔だなと思っていた。当然である。

事件は全国ニュースとして報道されたし、彼女は美人だったので、テレビやネットでたくさんの写真も紹介された。だからなんとなくだが、記憶の中に残っていたのだろう。

八月の頭に風呂場の一件があった時は、ネットで写真を確認してもいる。

さらに付け加えるならあの時、私が風呂で読んでいたのは、国内の殺人事件に関する単行本だった。本には彼女の写真は掲載されていなかったので、事後にネットで写真を確認して大層驚いたというわけである。

ただ、私自身も斯様《かよう》な体たらくだったため、美琴が涙の素性に気がつかなかったのも無理からぬ話である。おそらく美琴以外に涙を目撃した関係者も、涙の正体に気づいた者はいないのではないだろうか。気づいた私のほうがむしろ奇特なのだと思う。

三神俊平は実在する彼女をモデルにして、〝月川涙〟という名のタルパを創りあげた。百歩譲って、彼女の外形だけをなぞって創ったのならまだ許せる。だが、そうではない。この男は、死んでしまった彼女の尊厳を、この上なく踏みにじるようなことをしている。

「本当にゴミ屑《くず》だな、お前は。月川涙か。ツキカワルイ。ツキが悪いって意味だろう？これ以上はないってくらい、痛くて怖い思いをしながら亡くなってった女の子に対して、あんまりな言葉だし、あんまりな仕打ちじゃないのか？」

蔑《さげす》んだ目を向けながら俊平に言ってやったが、返事は返ってこなかった。

再び美琴のほうへ視線を戻す。

「月川涙が何回も言っていた『あたし？』の意味、なんだったんだと思う？」

「あたしは本当に、本当のあたし自身なの？……って意味ですか」

多分それで正解なのだと思う。月川涙はあくまでタルパであって、実際に亡くなった彼女本人ではない。だがあまりに精巧に創りあげてしまったため、暴走を来たしたのだ。

昨年の秋頃に創ったという話なので、蜜月《みつげつ》はたったの半年足らずだったというわけだ。それでもよくもったほうだと思う。

今年の二月、父親から叱責《しっせき》を受け、俊平の心がバランスを崩したのをきっかけに暴走、というのが美琴の見立てだったが、それは多分違う。こいつはそんな繊細な男ではない。

二月というのは月川涙のモデルになった彼女が、殺された事件があった月でもある。涙の暴走の原因としては、こちらのほうがはるかに道理に適《かな》っているように思われた。

げんなりしながら、視線を美琴の写真と麗麗のイラストのほうへ移し、話を続ける。

「こっちに関しては正直、『見てのとおりです』ってことだけにしておきたいんだけど、そうもいかないか。要するにこいつが今度は、あなたと麗麗を新しいタルパに仕立ててこっそり弄《もてあそ》んでた。状況から鑑《かん》みると、そういうことになってしまう」

図らずも先刻、美琴自身が車の中で語ったとおりのことが起きていたのだ。

そう。タルパは個人にひとりだけとは限らない。その気になれば、ひとりで何人でも新しいタルパを創りだすこともできる。こいつはそれをやってのけたわけだ。

それも、己のおぞましい願望と欲望に基づき、とてつもなく歪《ゆが》んだ手段を用いて。

「そのうえで、この部屋に今、何が視える？」

尋ねると美琴が俊平のほうへ顔を向けたので、私も一緒に視線を追った。

果たして私も美琴も、いわゆる〝視えてしまう〟質《たち》なのがよかったのか悪かったのか。俊平に向かって目を凝らすと、それはすぐにはっきりと視て取ることができた。

俊平の左右の背後からふたつの人影が半身をぬっと突きだして、両の傍らに立った。

ひとりは白いノースリーブのサマードレスを着た、人形のように無表情な美琴。

もうひとりは、青い衣装に身を包んだ、お団子頭の小さな女の子。

ふたりとも加奈江のように鮮明な像を結んで、生身の人間のようにはっきりと視える。

呆然とふたりの姿を見ているところへ、美琴が俊平に向かって矢のように駆けだした。

止めようとしたのだが、遅かった。

私が手を伸ばす前に美琴は俊平の身体の真ん前まで駆けこみ、それから左右に大きく振りあげた両の手の平を、俊平の顔の前で勢いよく叩き合わせた。

ぱん！　と乾いた音が、それも耳が痛くなるほど鋭い音が、部屋じゅうに木霊《こだま》する。

音に驚き、一瞬閉じてしまった目を再び開くと、俊平の傍らに立っていた、紛《まが》い物の美琴と麗麗が跡形もなく消え失《う》せていた。

一方、美琴は俊平の前に突っ立ったまま、肩を怒らせながら荒い息を吐いている。

「いい？　よく聞きな。たった今、あんたが腐った脳味噌《のうみそ》で創った全部を奪ってやった。これ以上、わたしと麗麗のことを考えてみなさい。あんたを絶対、ただじゃおかない！

絶対にあんたを――」

「やめろ」と耳打ちしながら美琴を俊平から引き離す。

我を失くした形相から察するに、おそらく「許さない」ではなく「殺してやる！」と言おうとしていたのだろうが、下手な言葉をだすと脅迫沙汰《ざた》にもなりかねない。

それでなくても先刻、私がドアを蹴破《けやぶ》ったことで、すでにまずいことにはなっている。一応、三神夫妻のほうから許可をもらっているとはいえ、ここから先の成り行き次第でどうなることか分かったものではない。

「頼むからやめてくれ。もうこれ以上、ここでゴタゴタしたって仕方がない」

嚙《か》んで含めるように言い聞かせるも、美琴の興奮はまるで治まらなかった。

「だって、汚された！　汚されたんですよ？　こいつはわたしと麗麗のことを汚した！　涙さんも汚した！　涙さんのモデルになった人も汚したッ！　もう嫌……信じられない。わたしが今まで、どんな気持ちでここに通ってたと思うんですか！」

「自己満だろ？」

私の言葉に、美琴の顔からすっと力が失せた。

「自己満足なんだよ。だから事を冷静に判断できなくなるし、見えなくもなってしまう。〝どんな気持ちで〟なんて、この仕事には関係ない。望まれたって持つべきでもない」

顔色も失い、言葉も止まった美琴から、今度は視線を再び俊平に向ける。

「騒がして悪かったな。こっちの用は済んだ。何か言いたいことは？」

「……俺のこと、訴える気ですか？」

かたかた震える肩を窄《すぼ》めながら、上目遣いに俊平が問う。

「さあ、どうだろう？　こちらの小橋さん次第かな？　でもとりあえず、今まで撮った映像と、それから写真も全部廃棄したほうがいいと思うけどね」

罪状は盗撮だろうが、もしも私が裁判官なら、パクリも加えてやりたいところである。声にだしていつものように当てこすってやろうと思ったが、隣では美琴が肩を落として項垂《うなだ》れているので、そろそろお開きにしようと考える。私は私で、疲れてもいた。

階段をあがって厨房《ちゅうぼう》へ戻ると、三神夫妻が心配そうな顔でこちらを見てきた。

「何があったんですか？」と聞かれたけれど、「無事に全部終わりました」とだけ伝え、余計なことを聞かれる前に店を出る。話なら俊平自身からたっぷり聞けばいいのである。こんなことになるまで、今までずっとほっぽらかしにしてきたのだし。

駐車場に向かって歩いていると、それまでほとんど無言だった美琴がふいに顔をあげ、「まだ、時間ありますか？」と尋ねてきた。

時計を見るともう零時を回る頃だったが、帰りのバスは翌朝である。「大丈夫だ」と伝えると、美琴は「少しやることがあるので、時間をください」と言った。

駐車場に戻って車のエンジンをかけると、美琴はナビで何かを検索し始めた。

どこに行く気なのかと思って画面を見ていたら、選んだ目的地は神社だった。

「さっき、あの人から奪ったタルパですけど、実は今、わたしの身体の中にいるんです。幽霊でいう、憑依《ひょうい》と同じ状態です。それを消さなくちゃなりません」

説明するなり、美琴は車をだした。

二十分ほど走って目的地へ到着する。周りに人家のない、鬱蒼《うっそう》とした杉林に囲まれた寂れた風情の小さな神社だった。

「三体いますから、それなりに時間がかかると思います。多分、二時間か三時間ぐらい。時間、本当に大丈夫ですか？」

暗い面持ちで美琴が言った。

「時間は別に構わないけど、三体ってなんだ？　あの部屋に月川涙もいたのか？」

「いませんでしたよ。あんな人のところになんか、戻ってくるわけないじゃないですか。でもどこにいたって関係ありません。さっきのやり方でタルパを取りあげられるんです。前に言いましたよね？　そんなに難しいことじゃないって」

一気に説明し終えると美琴は車を降り、ひとりで鳥居をくぐっていった。

何をどのようにしてタルパを消すのかは知らないが、〝消す〟という行為そのものが美琴にとってどれほどつらいことなのかは聞いていたので、遣《や》りきれない気持ちになる。他に方法はなかったのかと考えてもみたが、私の悪い頭では今夜のやり方が限界だった。すっかり憔悴《しょうすい》した様子で鳥居をくぐっていく美琴の後ろ姿を見ていると、心が痛んだ。

車外に広がる真っ暗闇を眺めながら三時間近く経った、午前四時頃。両目を真っ赤に泣き腫《は》らした美琴が、ようやく鳥居の向こうから出てきた。

「お待たせしました、すみません。新宿まで送っていきます」

中でどんなことをしてきたのかは知らないが、車に乗りこんだ美琴の顔は紙のように真っ白で、たかだか数時間でひどくやつれてしまったように見えた。

「また、タルパを消しちゃいました……。今度は自分で麗麗も消しちゃった……」

走りだした車外の前方を見つめながら声を詰まらせ、美琴が言った。

かける言葉が見当たらず、私はただ「うん」と返すぐらいがせいぜいだった。

それから少し経った頃、再び美琴が思いだしたように「いいですか？」と切りだした。断る理由もないので、これにもただ「うん」とだけ答える。

「涙さんが言ってた『あたし？』って、『あたしは本当のあたし自身なの？』っていう意味以外にも、わたしは意味があったんじゃないかって思うんです」

どんな意味かと尋ねると、美琴は小さくため息をつきながら、こう答えた。

「『あたしは、『あの人のところにいてもいいの？』のあたしです」

震える声で言いきると、美琴の頬を涙がすっと伝い落ちた。

「確かに涙さんは、生身の人を元に創られた存在だし、扱われ方もよくなかったんだと思います。でも、タルパってみんな優しいんです。たとえ不本意な目的で創られたって、自分で暴走してしまったって、創造主を思う気持ちは心のどこかにあるんだと思います。わたしがずっと見ていた夢、あれはわたしに対する、自分の居場所を奪われてしまった涙さんの嫉妬《しっと》なんじゃないか。そう考えると、なんだかそんなふうに思えてしまって」

確かにそうだったのかもしれない。そういう解釈の仕方もあるのだと思う。

美琴の言葉を聞いて、再び加奈江のことを思いだしてしまった。

創造主が至らなかったせいで暴走してしまったけれど、あの娘も実は暴走してからもずっと、私のことを想ってくれていたのである。長らく、それに気がつくことができず、最悪の結末を迎えてしまったことが改めて悔まれ、気持ちがずんと重たくなった。

そこへ美琴が、ひとり言のように「仕事、やめようかな……」とつぶやいた。

「向いてないんじゃないかと思うんです」

病み疲れたような顔で美琴は言ったが、向いていないのなら十年近くもこんな仕事ができるはずもない。拝み屋も霊能師も、そんなに気楽で簡単な仕事ではないのだ。

だからそう意味では、美琴は決して向いていないわけではないのだと思う。

ただ、向く向かないの問題と、続ける気概があるのかないのかはまた、別問題である。

今夜の決行を前に、美琴がこういう気持ちになるかもしれないと危惧はしていたのだが、思ったとおりの結果になってしまった。

美琴は答えを欲しがっていたようだが、私は向いているとも向いていないとも返さず、続けるべきとも、やめるべきとも答えなかった。

これ以上、余計な真似をすべきではない。代わりに「間違いは誰にでもある」とだけ答え、あとは自身で決断してもらうことにした。

「郷内さんも、やっぱりやめてしまうんですか？」とも尋ねられたが、それについても答えをはぐらかし、どっちつかずの言葉を返した。

正直なところ、改まって人から面と向かって問われると、明確な答えは返せなかった。長らく「やめる」と思っている割には、やめる時期やその後の身の振り方などについて、真剣に考えたためしは一度もない。本当のところ、自分でもどうなのだろうと思う。

互いにほとんど無言のまま車は走り、外の景色もすっかり明るくなった午前五時過ぎ、新宿駅の近くまで送り届けてもらい、美琴と別れた。

別れ際に「ありがとうございます」と礼を言われたものの、素直に喜べはしなかった。

今回の件に私が首を突っこんだことで喜んでくれるのは、おそらく今後は幽霊騒ぎが収まるはずの、飲み屋と床屋の関係者ぐらいのものである。他は美琴も三神家の面々も、過酷な現実に向き合わされる幕を私の手によって開かれたに過ぎない。得体の知れないよそ者にいらざることをされたと思われれば、ただそれまでの話なのである。

大体、勢い任せでそれをおこなった当の私自身でさえ、後味が悪くて仕方がなかった。自分は一体何をやっているんだろうと、虚しい気分にもなってくる。

宮城へ帰ってからも気分は晴れるどころか、ますます曇ってささくれ立つ一方だった。相変わらず酒は浴びるほど呑み続けたし、アスピリンを飲みながら漫然と仕事をこなす荒れた日々が続いた。

己の進退を決断することもないままだらだら過ごしているうちに、野山で鳴き交わすセミたちの声も聞こえなくなり、気づけばいつしか夏もすっかり終わってしまった。

それから三月ほど経った、十二月の初め頃のことだった。

美琴から突然、一通の手紙が届いた。

しばらく日本を離れて、台湾で暮らすことにしたのだという。

三神俊平の一件があって以来、以前にも増して麗麗のことを思いだす機会が多くなり、なんだか無性に海を渡ってみたい気持ちになってしまったらしい。

台湾へおもむくのは、両親と一緒に旅行をした、小学校の時以来とのことだった。

その昔、夢の中で麗麗と遊んだ台湾風の街の記憶と同じように、本当の台湾の景色や空気も、もう一度しっかりと肌身に感じて、自分の一部にしておきたいのだという。

しばらく台湾の綺麗《きれい》な風に吹かれて静かに暮らし続けていたら、そのうち心の海からもう一度、麗麗がひょっこり現れてくれるかもしれない。

そんなことも少しだけ期待していますと、綴《つづ》られていた。

仕事をやめるつもりはないらしく、しばらく休業するだけですとも綴られていた。

八月の晩、全てを知った直後はあんなに憔悴していたというのに、それでもあくまでまっすぐな道を歩もうとしている美琴が、ひどくうらやましく感じられた。

タルパは人を幸せになんかしない。人もタルパを幸せになんかできない。

今でもその考えは変わっていないけれど、この人と麗麗となら、おそらくいい関係を築きあげることができるのではないかと思う。

麗麗が美琴の中に帰ってきてくれることを願いながら、私は手紙を閉じた。

一方、私のほうは何も変わらなかったし、何かを変えようとさえ思わなかった。
だが、何事にも終わりはかならず訪れるものである。
それが当人が望む形の終わりであろうと、そうでなかろうと。
長らく続いた私の荒んだ暮らしにも、とうとう終わりをもたらす時が訪れてしまった。

おしまいの日

師走《しわす》も終わり、年を跨《また》いでしばらく経った、二〇一六年の三月初め。

冷たい春北風《はるきた》が戸外で鋭い音を鳴らして吹き荒《すさ》ぶ、夜の遅くのことだった。

静まり返った仕事場で私は独り、総身を蝕《むしば》む激しい痛みに、必死の思いで耐えていた。

畳の上で胎児のように丸めた身体を固く締め、奥歯が砕けんばかりに歯を食いしばり、今まで味わったことのないようなひどい痛みに、悶《もだ》えながらも耐え続ける。

痛みは背中に感じるものが特に激しかったが、魔祓《まばら》いや憑《つ》き物落としのあとに生じるいつもの痛みとは比べ物にならないほど、それは凄《すさ》まじいものだった。背骨を力任せに引っこ抜かれるようなおぞましい感覚に、何度も意識を失いそうになる。

まるで溜《た》まりに溜まったツケを、まとめて一気に支払わされているような心地だった。あるいはこれまで散々だらけていたことへの天罰を受けているようにも感じられた。

けれどもツケであろうと天罰であろうと、この痛みからだけは逃げるべきではないと、腹を括《くく》って痛みを余すことなく受け容《い》れることにした。

乗り越えられなければ、多分死ぬ。けれども乗り越えられれば、変わることができる。それを確信していたから、後悔だけはしていなかった。

今から遡《さかのぼ》ること数時間前、午後の七時近くのことだった。

付き添いの知人女性に連れられて、私の仕事場に二十代後半の若い女性客が訪れた。

彼女はもう一年近くも、質《たち》の悪い悪霊にとり憑かれていた。

彼女の中に棲《す》みついてしまった悪霊は、彼女を生かさず殺さず、半死半生の状態で、己の支配下に置くことに成功していた。当人にはなんの過失もなく、それはある日突然、悪い病のように降りかかり、彼女の身体を蝕み始めた。

昨夏、夜中に我が家へ担ぎこまれたツンツン頭の後輩などとは、深刻さがまるで違う、それは稀《まれ》に見るほどひどい有り様だった。

厄介なことに、彼女はなまじの対応では、すでにどうしようもない状態に陥っていた。話によれば、この件に関わった同業の拝み屋もすでにひとり、とり殺されているらしい。斯様《かよう》な事実からも、まともな同業者であれば絶対に手をださないような案件である。

無論、普段の私も丁重に辞退させてもらう内容だった。

英雄になろうとするな。自分の器を考えて動けるのが、本物の拝み屋ってもんだ――。

かつて同業の先輩が遺《のこ》していった言葉を座右の銘としている身としては、至極当然の判断であるといえる。

けれどもこの日、私は依頼を引きうけ、彼女をなんとか楽にしてあげようと決心した。

普段ならば絶対に引き受けない仕事を引き受けた理由は、それなりにある。

この晩、私の許《もと》を訪れたその女性客が、小橋美琴という名前だったからである。

単に名前が同じというだけで、年代も違えば、容姿もまったく似ているところはない。

偶然と言うなら、本当にそれまでの話である。

だが些細《ささい》な偶然ならば、昨年の八月にもあった。因縁めいた偶然と言い換えてもいい。

三神家の食堂を中心とした、あの幽霊騒動が起きていた店の並びの件である。

幼い頃、愛読書の中で馴《な》れ親しんでいた幽霊騒動の話の舞台。それと寸分違わず並ぶ光景を現地で目の当たりにした時に感じた、あの因縁めいた不可解な印象。

それをこの晩も、ありありと感じ取ることができた。だから賭《か》けてみようと考えた。

我ながらつまらない動機だと思う。動機はつまらないくせに、やろうと決めたことはよほどのバカでもやりたがらないほど危ういことなのだから、なおさら始末が悪い。

だが、私は昔から何か取っ掛かりがないと、なかなか腰があがらない質なのである。

さすがに一年以上もだらだらしていることに、最近は自分自身でもうんざりしていた。

進むにせよ終わるにせよ、そろそろどちらか選ばなければと考え始めていたところだし、そうした意味でいえば、これ以上の好機もなかろう。

やり方は至極単純だった。依頼主に憑いていた悪霊を、自分の身体に移したのである。

恐山《おそれざん》のイタコや霊媒師がしていることと基本的には同じなのだが、相手を選ばないと恐ろしく危険な手段である。加えて通常ならば、悪霊祓いには用いない手法でもあった。

それでもそれを選んだのは、単に他に選べる手段がなかったからに過ぎない。

余計な気遣いをさせないために、依頼主の小橋美琴と付き添いの女性を帰したのちに無理やり悪霊をこちらへ呼び寄せ、ひとりで仕事に取り掛かった。

予期していたとおり、身体の中に入れたとたん、悪霊は凄まじい勢いで暴れ始めた。そうしたなか、こちらも身体の内側から悪霊を潰《つぶ》しにかかるという、まともな同業なら絶対にやらないであろう、馬鹿げた荒業をおこなった。

多大な苦しさと痛みを伴ったのは先に触れたとおりである。

けれども総身を駆け巡る激しい痛みを感じれば感じるほど、これでようやくもう一度、駄目になる前からやり直せるのだという実感も湧いた。

だから相手が潰れて完全に消え去るまで、辛抱強く耐え抜くことができた。

明け方近くまでかかり、どうにか無事に事を終えると、まるで生まれ変わったような清清《すがすが》しい心地で、私は仕事場の窓から朝焼けを眺めることができた。

ビヨンド

それからさらに月日が流れた。暦も変わって、季節も移ろいだ。

妻とふたりで数年ぶりの花見を楽しんだりしながら、おだやかな気持ちで春を過ごし、自宅の庭木に留まった鶯《うぐいす》の声に初夏の訪れを感じながら、夕餉《ゆうげ》にふたりで初鰹《はつがつお》を食らう。梅雨の季節にはふとしたことから楽しい気づきが得られ、その年の夏は事ほど珍しく、不思議で不気味なことも多々あれど、すこぶる印象深い夏を過ごすこともできた。

お盆の時期は少々身構え、どうなるものやらと思っていたが、結局、送り火を焚《た》いてお盆が静かに終わるまで、件《くだん》の声が聞こえてくることはなかった。

酒は相変わらず呑み続けていたが、量は以前の半分ほどに減らすようになった。

半分とはいえ、一晩でウィスキーボトルを半分空けるような呑み方をしていた人間の半分だから、五十歩百歩と思われなくもなかろう。だが、少なくとも無闇に潰れるまで呑むことはなくなったし、何かを誤魔化すためにボトルを空けることもなくなった。

背中の痛みは相変わらず続いていたけれど、こちらは自分の意思ではどうにもならず、差し当たっては騙《だま》し騙しやっていくしかないなと、割り切るようにしていた。

仕事のほうはそれなりに順調で、私はしばらく平穏無事な暮らしを続けていた。

新たな夏も終わってそろそろ秋も深まりつつある、二〇一六年十月半ばのことだった。

昼過ぎに仕事場へ一本の電話が入った。

出ると相手は、新規の男性客で、相談の予約をしたいとのことだった。

日時を決める前に名前を尋ねたのだが、相手が苗字を名乗ったとたん、肌身がすっと冷たくなっていくのを感じた。

「高鳥《たかとり》って言います」

電話の向こうで、男は確かにそう答えた。

それは私にとって懐かしくもあり、同時に忌まわしい記憶を蘇《よみがえ》らせる響きでもあった。

もう十五年近くも拝み屋を営んできているが、高鳥と名乗る人物から連絡が入ったのは、この日が二度目のことだった。

実を言うと、この日は朝から気分が落ち着かず、なんとなくそわそわし続けてはいた。

「高鳥」という不穏な響きを聞いて、その理由が分かった気がした。確信めいた思いが脳裏をよぎるなり、みるみる動悸《どうき》が速まっていく。

「すみません。妙なことをお尋ねしますし、もしも間違っていたら申し訳ないんですが、もしかして過去に離婚をされてます？」

どうか間違いであってほしい。思いながら尋ねてみたが、男の答えは「はい」だった。

腹を括《くく》って、自分自身で答えの続きを答えることにする。

「当てましょうか？　元奥さんの名前。──千草《ちぐさ》っていうんじゃないですか？」

「……はい、確かにそうですが……どうしてそんなこと、知ってるんですか？」

男の声が微妙にかすれて困惑しているのが、受話器越しにもありありと伝わってくる。

一方、私のほうは私のほうで、身体が勝手に震え始めて止まらなくなっていた。

「まあ、こういう仕事ですから、なんとなくです。あまり気にしないでください」

動転しているとはいえ、我ながら下手な答えだと思う。

実際はなんとなくどころではない。結果的には短い付き合いになってしまったけれど、私は男の元妻である、高鳥千草のことをよく知っている。

もう十年以上も昔の話になるが、彼女もかつて、私の相談客だった人なのだ。

だが、ただの相談客ではない。彼女が私の許《もと》へ持ちこんだ依頼内容は、後にも先にもこれ以上はないというほど、とんでもない案件だった。関係者で亡くなった者も多いし、私の先輩の拝み屋も亡くなった。当の千草自身も、今は鬼籍の人となっている。

今日は魔祓《まばら》いも憑《つ》き物落としもしていないというのに、背中がちくちくと痛み始めた。

それだけで我が身にこれから何が起きるのか、易々と呑みこめてしまう。

拝み屋という仕事から、逃げなくてよかった。

春先に死ぬような思いをしながら悪霊を潰した時には、素直にそう思っていたのだが、今はやはり、逃げておけばよかったと心のどこかで思う自分もいた。

だが多分もう、逃げられない。電話をとった瞬間からすでに始まっているのだと思う。

以前もそうだった。我に返ってまずいと気づいた頃には逃げられなくなっているのが、過去に高鳥千草が私に持ちこんだ、あの規格外としか言いようのない災いの特徴である。

あれはまだ、終わっていなかったのか。だったら今度こそ、俺のほうが終わりかもな。

あるいはこれが、最後の仕事になるのかもしれない。

どの道、あまり長くはないだろうという予感はあったので、この流れはむしろ必然で、ずっと前からこうなるよう、視えざる何かに仕組まれていたのかもしれないとも感じた。

「それで、相談の内容なんですが……」

話し始めた男の言葉を遮って、この日はあえて何も聞かないことにした。

事前に話を聞いたところで、きっと怖気《おじけ》づいてしまうだけだろう。

斯様《かよう》に予期したゆえの判断だった。

二日後の昼、私は高鳥千草の元夫、高鳥謙二《けんじ》と会う約束だけを交わすことにした。

本書は書き下ろしです。

拝《おが》み屋《や》怪談《かいだん》　鬼神《きしん》の岩戸《いわと》
郷内心瞳《ごうないしんどう》

角川ホラー文庫　21000

平成30年6月25日　初版発行
令和7年3月25日　11版発行

発行者――山下直久
発　行――株式会社KADOKAWA
〒102-8177　東京都千代田区富士見2-13-3
電話 0570-002-301(ナビダイヤル)
印刷所――株式会社KADOKAWA
製本所――株式会社KADOKAWA
装幀者――田島照久

●お問い合わせ
https://www.kadokawa.co.jp/ (「お問い合わせ」へお進みください)
※内容によっては、お答えできない場合があります。
※サポートは日本国内のみとさせていただきます。
※Japanese text only

ISBN978-4-04-106896-0 C0193　◆◇◇

角川文庫発刊に際して

角川源義

第二次世界大戦の敗北は、軍事力の敗北であった以上に、私たちの若い文化力の敗退であった。私たちの文化が戦争に対して如何に無力であり、単なるあだ花に過ぎなかったかを、私たちは身を以て体験し痛感した。西洋近代文化の摂取にとって、明治以後八十年の歳月は決して短かすぎたとは言えない。にもかかわらず、近代文化の伝統を確立し、自由な批判と柔軟な良識に富む文化層として自らを形成することに私たちは失敗して来た。そしてこれは、各層への文化の普及滲透を任務とする出版人の責任でもあった。

一九四五年以来、私たちは再び振出しに戻り、第一歩から踏み出すことを余儀なくされた。これは大きな不幸ではあるが、反面、これまでの混沌・未熟・歪曲の中にあった我が国の文化に秩序と確たる基礎を齎らすためには絶好の機会でもある。角川書店は、このような祖国の文化的危機にあたり、微力をも顧みず再建の礎石たるべき抱負と決意とをもって出発したが、ここに創立以来の念願を果すべく角川文庫を発刊する。これまで刊行されたあらゆる全集叢書文庫類の長所と短所とを検討し、古今東西の不朽の典籍を、良心的編集のもとに、廉価に、そして書架にふさわしい美本として、多くのひとびとに提供しようとする。しかし私たちは徒らに百科全書的な知識のジレッタントを作ることを目的とせず、あくまで祖国の文化に秩序と再建への道を示し、この文庫を角川書店の栄ある事業として、今後永久に継続発展せしめ、学芸と教養との殿堂として大成せんことを期したい。多くの読書子の愛情ある忠言と支持とによって、この希望と抱負とを完遂せしめられんことを願う。

一九四九年五月三日